BBULMEDIA

http://www.bbulmedia.com

天魔神教
천마
신교

1판 1쇄 찍음 2013년 6월 24일
1판 1쇄 펴냄 2013년 6월 27일

지은이 | 운후서
펴낸이 | 정 필
펴낸곳 | 도서출판 **뿔미디어**

편집장 | 이재권
기획 · 편집 | 문정흠, 윤영상
편집디자인 | 이진선
관리, 영업 | 김기환, 임순옥

출판등록 | 2002년 9월 11일 (제081-1-132호)
주소 | 부천시 원미구 상3동 533-3 아트프라자 503호 (우)420-861
전화 | 032)651-6513 / 팩스 032)651-6094
E-mail | bbulmedia@hanmail.net

값 8,000원

ISBN 978-89-6775-369-6 04810
ISBN 978-89-6775-126-5 04810 (세트)

天魔神敎

천마
신교

〈완결〉

운휴서 신무협 장편 소설

目次

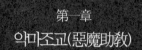

第一章
악마조교(惡魔助敎)

악마(惡魔)란 많은 뜻을 가진다.

불교에서는 사람들을 괴롭히는 귀신의 의미로.

혹은 매우 악독한 짓을 저질러 악마 같이 나쁘다는 의미로.

그러나 이곳 천마신교에 악마란 다른 의미를 두고 하는 말이 아니었다.

바로 눈앞의 독고천이 악마 그 자체였다.

독고천이 시키는 일은 결코 인간으로서 할 수 있는 일이 아니었다.

독고천의 명을 완수하는 입문생이 없었고, 훈련을 끝내지 못하면 그날 식사는 없었다.

어언 칠 일이 흐르고 입문생들의 눈에는 날카로운 살기

만이 감돌고 있었다.

"오늘마저 실패하면 연속 팔 일째 금식이겠군. 축하한다."

독고천이 씨익 웃으며 이죽였다.

평상시라면 투덜거리며 한숨을 내쉬었을 입문생들은 조용하기만 했다.

오히려 차갑게 가라앉은 눈동자로 독고천을 올려다볼 뿐이었지만, 심상치 않은 기운을 눈치챈 곽후가 마른침을 삼켰다.

'뭔가 터지겠는데……'

결코 일어나서는 안 될 일이었다.

눈앞의 사내가 누구인가.

모두들 인간의 탈을 쓴 악마이니 뭐니 하지만 곽후의 심정은 달랐다.

독고천은 그냥 악마였다.

어렸을 적 미화되었던 과거는 잊혀졌다.

가끔 몰래 도망치고 싶을 정도로 독고천의 훈련은 가혹하기만 했다.

곽후가 슬쩍 옆을 바라보았다.

무공을 꽤나 익혔던 마연지의 눈 밑도 퀭해져 있었다.

개인적인 결과 문제가 아닌 단체생활이었기 때문에 전체 중 한 명만 완수하지 못하면 전부가 굶는 것이었다.

그렇기에 유일하게 모든 훈련을 완수한 마연지도 굶을 수밖에 없었다.

그때였다. 한숨만 푹푹 쉬어대던 마연지의 신형이 솟구
쳤다.

파앗!

갑작스런 상황에 곽후를 비롯한 입문생들이 놀라 마연
지를 쳐다보았다.

마연지의 신형이 점점 멀어지더니 이내 모습을 감추었
다.

독고천은 마연지의 뒷모습을 빤히 쳐다보고 있을 뿐 아
무런 행동조차 안 하고 있었다.

입문생들이 웅성거리기 시작했다.

'우리도 해 볼까?'

'하지만 그 여자는 원래 우리 동기가 아니잖아.'

'그래, 함정일 수도 있어.'

"조용."

독고천의 나직한 한마디에 입문생들이 급히 입을 다물
었다.

"셋을 세면 출발한다. 하나, 둘, 셋."

셋과 동시에 입문생들의 신형이 곧바로 솟구쳤다.

그런데 방향이 애매했다.

분명 절벽은 오른편에 있었는데 그들이 솟구친 방향은
왼쪽이었다.

왼쪽에는 천마신교의 입구가 있는 곳이었다.

즉, 도주라는 뜻이었다.

혼자 절벽 쪽으로 달려가던 곽후가 그 모습을 보고는 절망했다.

'안 돼······.'

곽후가 슬쩍 뒤를 바라보자 독고천이 무표정한 얼굴로 그들을 바라보고 있었다.

그리고 순간 독고천의 신형이 흐릿해졌다.

파앗!

그 장면은 하나의 장관이었다.

독고천의 신형이 번쩍번쩍할 때마다 입문생들은 몸이 뻣뻣해진 채로 앞으로 고꾸라지고 있었다.

철푸덕!

가뜩이나 어제 소나기가 내려 바닥은 진흙투성이. 입문생들은 진흙에 그대로 얼굴을 처박았다.

파악!

일각도 채 지나지 않아 약 백여 명에 다다르는 입문생들은 모두 차렷 자세로 진흙탕에 처박혀 있었다.

"으으으."

모두들 신음을 터트리며 몸을 바둥거려 봤지만 꿈적도 하지 않았다.

그들을 내려다보던 독고천이 슬쩍 뒤를 바라보자 뒤에서 멍하니 서 있던 곽후와 시선이 마주쳤다.

"허억!"

곽후가 헛바람을 들이켜며 곧바로 절벽으로 뛰어갔다.

그 모습을 바라보는 독고천의 입가에는 작은 미소가 맺혀 있었다.

* * *

입문생들은 하루하루 피폐해져 갔지만, 또 그만큼 천마신교의 생활에 익숙해져 갔다.

약 한 달이 지날 무렵 입문생들은 다른 조에 속한 입문생들을 만날 기회가 있었다.

그리고 그들에게서 들은 이야기는 충격적이었다.

절벽 오르기도 없고 독사들과 함께 지내는 것도 없었으며 산을 옮기니 뭐니 하는 것도 없었다.

"……우린 도대체 뭐지?"

모두들 고개를 내저었다.

그들에게는 지옥과도 같았던 생활들이 처음에는 당연한 줄 알았다.

악명 높은 천마신교의 입문 생활이니 역시 힘들다며 고개를 끄덕이고 있었다.

그런데 다른 입문생들은 자신들에 비해 놀고먹는 것이 눈에 보였다.

모두들 살도 올랐는지 한층 통통해져 있었다.

'무언가 잘못되었다!'

입문생들은 크게 세 개의 조로 나뉘어 있었다. 그중 곽후가 속한 조가 일조였다.

그곳은 지옥과도 같은, 아니, 그냥 지옥이었다.

전에 마연지가 도망친 이후로 더욱더 강화된 수련도 그렇지만, 조교인 독고천이 한 명, 한 명에게 내뱉는 인신공격 역시 그 도를 넘어섰다.

처음에는 기겁했지만 지금은 어느 정도 익숙해진 상태였다.

하지만 역시나 꾸준히 참기에는 무리.

그런데 그것이 자기들의 조에게만 벌어진 일이었다니.

당혹함을 넘어 억울함마저 느껴졌다.

그리고 그것은 엉뚱한 결과로 곽후에게 돌아갔다.

"야, 네가 대장이 되어서 우리를 이끌어라!"

"그래! 네가 당한 것만 봐도 우리는 토가 나올 지경인데 어찌 너는 버티고만 있냐!"

독고천은 유독이 곽후를 많이 괴롭혔다.

적어도 남들의 두세 배는 고통스럽게 수련시키며 굴렸다.

그러나 곽후는 독고천의 정체와 성격을 알았기에 조용히 따를 수밖에 없었다.

하지만 다른 입문생들의 눈에는 그것이 아니었다.

악독한 조교에 맞서는 하나의 영웅으로 보였던 것이다.

"뭐, 뭐라는 거야?"

곽후가 어처구니없다는 듯 뒷걸음치자 입문생들이 모두

들 곽후를 덮쳤다.

"이리 와!"

어느새 곽후의 이마에는 하얀 두건이 덮였다.

두건에는 타도(打倒)라는 글자가 꽤나 날렵한 필체로 적혀 있었다.

곽후는 어벙한 표정으로 멍하니 서 있자, 때마침 독고천이 단상 위에 올라섰다.

독고천이 곽후의 이마에 매인 두건을 보고는 고개를 끄덕였다.

"타도하고 싶단 말이지?"

곽후는 당황해 어버버 하며 말을 채 잇지 못했다.

조용히 고개를 끄덕이던 독고천이 씨익 웃었다.

평상시와 다를 것 없는 평범한 웃음. 하지만 그것이 곽후에게는 저승사자의 웃음으로 보였다.

꿀꺽.

절로 마른침이 삼켜졌다.

"타도하고 싶다면 힘으로 이겨야겠지?"

독고천이 갑자기 단상에 올려져 있던 목검을 들더니 손가락을 까닥였다.

"덤벼."

이 어처구니없는 상황은 곽후에게 당황스러울 뿐이었지만, 입문생들에게는 달랐다.

기회가 온 것이다.

이 기회를 잘 이용하게 되면 다른 조로 바뀌어 평범한 입문생 생활을 할 수 있을 것이었다.

더 이상 지옥 같은 곳에서는 살 수 없다.

강해지는 것도 좋지만 그전에 죽을 것 같았다.

일단은 살아야 강해지든 말든 할 것이 아닌가.

입문생들이 각자 병장기를 치켜올렸다.

"이야아!"

입문생들의 사기는 더할 나위 없이 높았다.

그런데 갑자기 곽후가 정신을 차린 듯 이마에 묶여 있던 두건을 내리며 몸을 휙 돌렸다.

입문생들의 표정은 하나같이 격동적으로 떨리고 있었다.

곽후의 눈동자가 싸늘해졌다.

"다들 주목!"

웅후한 기세에 입문생들이 놀란 눈으로 곽후를 바라보았다.

곽후가 차갑게 말을 이어 나갔다.

"너희들 강해지기 위해서 천마신교에 입교한 것이 아닌가? 그런데 지금 이게 뭐하는 짓인가? 조교님께서는 우리를 강하게 키우기 위해 하루하루 노력하는데 너희들은 그런 분을 타도하겠다며 이 난리인가?"

"아, 아니, 우리는……."

"닥쳐라! 무도를 논할 가치도 없는 놈들!"

곽후가 씩씩거리며 갑자기 검을 뽑아 들었다.

스릉!

엄청난 기세가 곽후에게서 뿜어져 나오며 입문생들을 둘러싸기 시작했다.

"타도를 하고 싶으면 나부터 뛰어넘어라."

말이 끝남과 동시에 싸늘한 살기가 허공을 뒤덮었다.

갑작스런 상황에 입문생들은 당황했지만 이미 뜻을 보인 후.

엎질러진 물을 다시 담기엔 늦고 말았다.

"쳐라!"

입문생들이 물밀 듯 곽후를 덮쳤다.

곽후의 몸은 당장에라도 입문생들에 의해 짓눌릴 것만 같았다.

그러나 그때였다.

번뜩!

곽후의 몸이 빛남과 동시에 신형이 솟구쳤다.

마치 혜성과도 같은 곽후의 움직임에 입문생들은 추풍낙엽으로 튕겨져 나갔다.

쾅!

굉음이 터지며 입문생 삼분지 일이 쓰러지고서야 입문생들이 냉정을 되찾았다.

"이, 이게 도대체?"

입문생들은 모두 당황하여 곽후를 쳐다보았다.

곽후는 이미 엎질러진 물이라 각오하고 오히려 싸늘히 물었다.

"아직도 불만 있는 사람 있나?"

그 누구도 감히 불만을 토할 사람은 없었다.

곽후가 고개를 까닥였다.

"그럼 해산."

우당탕탕!

입문생들은 눈썹이 휘날려라 도망치듯 사라졌다.

문득 곽후는 원하던 평범한 삶은커녕 자신의 인생이 꼬여만 가는 것 같아 한숨을 내쉬었다.

'하아, 꼬이는구나.'

그 이후로 입문생들은 입을 싹 다문 채 훈련에 임했다. 그리고 곽후를 보는 그들의 눈빛 역시 달라져 있었다.

그 모습은 흡사 독고천을 보는 것 같은 공포가 가득 담겨져 있었다.

시간이 흐르고 입문생들은 조교의 품을 떠나 각자 배정을 받았다.

모두들 악마 같은 조교에게서 벗어났다는 사실에 기쁨을 표했고, 악마의 자식 같은 곽후에게서 벗어난다는 사실에 행복을 표했다.

그렇게 입문생들이 모두 흩어지자 독고천과 곽후만이 남았다.

"고생했다."

독고천의 짧은 말에 곽후의 눈동자가 흔들렸다.

"……고생하셨습니다."

그렇게 독고천은 곽후를 남겨 둔 채 모습을 감췄다.

홀로 남은 곽후의 눈동자는 알지 못할 감정이 흐르고 있었다.

*　　*　　*

"이봐."

"예? 예!"

갑작스런 독고천의 질문에 지나가던 장로가 깜짝 놀라 며 되물었다.

그러자 독고천이 턱을 쓰다듬으며 물었다.

"불가능하다고 생각하는 것이 뭔가?"

"예? 그게 무슨 소리신지?"

장로가 고개를 갸웃거리며 묻자 독고천이 혀를 찼다.

"자네가 세상을 살면서 '아, 저건 진짜 무리다!'라고 생각하는 것이 무엇이냐는 소리지."

"불가능한 거면 많지 않겠습니까? 우선 장강(長江)을 건넌다든지……."

"그건 해 봤네."

독고천의 단호한 말에 장로가 식은땀을 흘렸다.

"아, 그러시다면……. 저 서쪽 부근에 엄청나게 커다란 산이 있다고 합니다. 항시 겨울이라 눈도 엄청 오고, 험하여 아무도 정복하지 못했다고 합니다. 그곳에 가시는 건 어떨지?"

"정확히 어디에 있는 건가?"

독고천의 물음에 황 장로가 급히 어디론가 달려갔다 오더니 지도를 건네주었다.

"제가 그 산의 위치를 적어 놓았으니 쭉 따라가시면 될 겁니다."

"고맙네."

그 말을 끝으로 독고천의 신형이 흐릿해지더니 이내 사라졌다.

홀로 남은 황 장로는 흐르는 식은땀을 닦으며 한숨을 내쉬었다.

"휴우, 워낙 종잡으실 수 없는 분이시군."

한숨을 내쉬던 황 장로가 문득 무언가 깨달았는지 경악했다.

"서, 설마 정말 그 산으로 가신 건가?"

*   *   *

일주일이 흘렀다.

장로 눈앞에는 피부색이 살짝 붉고 검게 탄 독고천이 서 있었다.

"장로, 다른 거는 뭐 없나?"

"태상 교주님……."

"왜 그러나?"

독고천이 천연덕스럽게 되묻자 황 장로의 속눈썹이 떨렸다.

"서, 설마 거길 갔다 오신 겁니까?"

"좀 춥더군."

독고천이 고개를 끄덕이자 황 장로는 혀를 내둘렀다.

그냥 던져 본 말에 정말 다녀왔을 줄이야.

어찌 보면 미친놈이었고 달리 보면 정말 희대의 절대고수다웠다.

고백산이 어떠한 곳인가.

산 근처에 사는 주민들조차 혀를 내두를 정도로 악명이 높고, 한 달 만에 죽는 이도 부지기수라 할 정도로 많았다.

그런데 그런 고백산을 단 일주일 만에 정복한 것이다.

"또 없나?"

독고천이 담담하게 묻자 황 장로는 곰곰이 생각하기 시작했다.

장강도 건넜다.

서역의 고백산(高白山)도 올랐다.

무공도 천하제일이다.

그런 그에게 불가능한 일이라…….

정말 어려운 질문이었다.

한참을 고민하던 황 장로가 천천히 입을 열었다.

"태상 교주님, 이건 어떻습니까?"

"어느 거 말인가?"

"홍해(紅海)를 건너는 건 어떻습니까?"

"홍해?"

황 장로가 고개를 끄덕였다.

"예, 여기서 남쪽으로 오백 리 정도 가시면 어떤 강이 있습니다. 그 강과 이어진 바다인데 끝부분에 섬이 하나 있어 목적지도 있고 하니 심심하진 않으실 거라 생각됩니다."

"바다라고?"

"예."

황 장로도 고개를 끄덕이면서 내심 고개를 내저었다.

바다가 어떤 곳인가.

바다를 건너기 위해선 하루 종일 배 위에서 표류하듯 지내야 한다.

태상 교주의 성격상 누군가에게 도움을 청할 리도 없다.

그러나 독고천의 대답은 시원스러웠다.

"좋은 생각 고맙네."

일주일 전과 마찬가지로 독고천은 그렇게 모습을 감췄다.

역시 홀로 남겨진 황 장로는 고개를 설레설레 내저을

뿐이었다.

                    *   *   *

한 달이 흘렀다.

넝마가 된 옷을 입은 채 독고천이 황 장로 앞에 모습을 드러냈다.

황 장로는 설마 하는 마음에 독고천을 위아래로 훑었다.

독고천의 몸에서 바닷가 냄새가 물씬 풍겨 왔다.

그러나 눈빛만큼은 생동감이 넘쳤고 온몸에서도 기운이 넘쳤다.

"……설마 갔다 오신 겁니까?"

"그래."

"배는 어떻게 하셨습니까?"

"배라니?"

독고천이 의아하다는 듯 묻자 황 장로의 몸이 사시나무처럼 떨렸다.

"서, 설마 배 없이 가셨습니까?"

"배가 있으면 불가능하지 않잖나?"

꿀꺽.

황 장로가 마른침을 삼켰다.

"설마 등평도수를 행하셨습니까?"

등평도수(登萍渡水)!

물 위를 평지처럼 걷는다는 절정의 경신술!

그야말로 전설에 다다르는, 그런 경신술을 펼쳤다는 것이다.

그것도 짧은 호수나 강 정도가 아니라 무려 바다를!

황 장로는 미심쩍은 표정으로 물었지만 독고천의 표정은 담담하기만 했다.

"그럼 뭐로 가나?"

황 장로의 다리가 순간 힘이 풀렸다.

휘청.

한 번 휘청거리던 황 장로가 자세를 잡으며 이마의 땀을 닦아 내렸다.

미친놈이다.

이건 사람의 영역을 벗어난 문제였다.

그 누가 감히 등평도수를 한 달 내내 쓸 수 있단 말인가.

한두 번만 써도 다리가 후들거리는, 말 그대로 내공 잡아먹는 경신술이 바로 등평도수이거늘.

독고천이 황 장로를 물끄러미 바라보았다.

황 장로는 뜨억 하며 조심스레 물었다.

"설마 다른 것도……?"

"그래, 장로가 내준 생각들이 재미도 있고 괜찮더군. 빨리 추천해 주게."

천마신교 제오장로 황달찬(黃燵贊)은 인생 최대의 고비가 찾아왔음을 느꼈다.

미친놈도 이런 미친놈이 없었다.

'아니지, 이런 미친놈 정도는 되어야 천마신교의 최강 고수 소리를 듣는 것이겠지.'

황 장로는 자신의 의견에 스스로 동조하며 고개를 주억거렸다.

"태상 교주님, 정말 괜찮은 생각이 또 있습니다."

"무언가?"

"태상 교주님이 전에 흑검제라고 불리며 모든 문파들을 깨고 다니셨지 않습니까?"

"그렇지."

독고천이 고개를 끄덕이자 황 장로의 눈빛이 빛났다.

"다시 하시는 겁니다."

"이미 다 깬 문파인데?"

황 장로가 단호히 고개를 내저었다.

"이번에는 단순히 대장을 깨는 것이 아닌 쫄다구부터 윗대가리까지 다 깨는 겁니다."

황 장로의 말을 곰곰이 생각하던 독고천이 담담한 표정으로 고개를 끄덕였다.

"나쁘진 않군. 하지만 그건 너무 시간을 잡아먹네. 시간이 남으면 해 봄세. 다른 것도 추천해 주게."

황 장로는 턱을 쓰다듬으며 고민했다.

도대체 이 미친놈에게 만족할 만한 것이 무엇이 있을까.

순간, 황 장로의 뇌리를 스쳐 지나가는 것이 있었다.

"아!"

그러나 쉽사리 밖으로 말하지 못했다.

그것은 너무나도 황당무계한 것이라 감히 태상 교주님에게 말했다간 뼈도 못 추릴 수도 있었다.

"무언가?"

독고천의 담담한 눈빛이 황 장로에게는 기대 어린 눈빛으로 비쳐지기 시작했다.

꿀꺽.

잠시 머뭇거리던 황 장로의 입이 천천히 열렸다.

"우화등선을 해 보는 것이 어떻습니까?"

"우화등선?"

"예, 사람들이 모두 불가능하다고 했던 우화등선을 하시는 겁니다."

황 장로의 말에 독고천이 인상을 찌푸렸다.

"불가능이라 했나?"

"예, 아무래도 그 누구도 본 적도 없었고……."

"누구도 본 적이 없긴. 내가 봤네."

독고천의 담담한 말에 황 장로의 눈이 경악으로 물들었다.

"보, 보았다고 하셨습니까?"

"그렇다네."

독고천의 대답을 들은 황 장로는 어떠한 생각도 떠오르지 않았다.

전설로 알려진 우화등선을 겪은 자가 있었을 줄이야.

그것도 본 사람이 있을 줄이야.

"그, 그게 누군지 여쭤어도 되겠습니까?"

"자네 검신 아나?"

"거, 검신 파종우 말씀이십니까?"

"그래, 그 노인네가 우화등선을 했지."

황 장로의 입이 쩍 벌렸다.

검신은 행방불명된 후 아마 어디서 수련하고 있거나 늙어서 죽었을 것이라 생각하고 있었다.

그런데 우화등선했을 줄이야.

만약 그것이 강호에 알려진다면 강호의 판도는 급격히 바뀔 것이 빤했다.

검신 파종우는 검각 출신의 검객.

즉, 검각의 무공이야말로 우화등선에 가장 가까운 무공이 되는 것이다.

그렇다면 많은 무림인들은 다시 검각을 찾아갈 것이고 검각은 다시 위명을 되찾을 것이 당연했다.

그것은 강호제일의 문파로 우뚝 서려는 천마신교의 방해물이 될 수 있었다.

"태, 태상 교주님."

"왜 그러나?"

"그 우화등선 사실을 또 누가 압니까?"

"나를 제외한 한 명 외에는 모르네."

"그 한 명이 누구입니까?"

황 장로의 계속된 질문에 의도를 눈치챈 독고천이 손을 내저었다.

"무슨 걱정하는지 알지만 걱정할 필요 없네."

"아, 태상 교주님께서 그렇게 말씀하신다면야……."

황 장로가 머쓱은 듯 뒤통수를 벅벅 긁었다.

"얼른 불가능한 걸 말해 주게나."

독고천이 재촉하듯 말하자 황 장로의 얼굴이 헬쑥해졌다.

그러다 문득 무언가 생각이 났는지 황 장로의 안색이 밝아졌다.

"이거 어떻습니까?"

황 장로의 입이 바삐 놀려지기 시작했다.

황 장로의 말을 조용히 듣고 있던 독고천의 무표정한 얼굴의 입가가 살짝 올라가기 시작했다.

이내 독고천의 얼굴에 미소가 걸렸다.

"아주 좋은 생각이군, 황 장로."

"감사합니다."

황 장로가 정중히 고개를 숙이고 고개를 들었을 때 독고천의 모습은 없어져 있었다.

*　　*　　*

독고천은 천천히 걷고 있었다.

그가 걷고 있는 곳은 천마신교 외곽의 마을.

그곳은 천마신교에 곡식 등을 재배하여 보내 주는 마을 이었다.

한마디로 상납마을이었다.

얼마 전까지 아무런 관심조차 없던 곳.

독고천은 오늘 무슨 바람이 불었는지 절로 그곳으로 발 걸음을 옮겼다.

마을은 초라했지만 더럽지는 않았다.

각자 역할을 맡아 많은 사람들이 열심히 일하고 있었 다.

밭을 일구거나 소나 말에게 여물을 주거나.

각자 땀을 뻘뻘 흘리면서도 열심히 살고 있었다.

독고천에게 쓸데없는 감흥은 느껴지지 않았다.

하지만 한 가지 느낀 점이 있었다.

과연 자신이 마인지로를 걸으며 무엇을 꾸준히 노력했 는가…….

무공?

물론 열심히 했다.

하지만 과연 천하제일이라 자부할 수 있는가.

천하제일이라 자부해도 그것을 이어갈 수 있는가…….

마인?

정말 스스로 마인이라 자부할 수 있는가.

단지 제멋대로 사는 야생마가 아닐까.

주어진 목표는 있었지만 손에 잡히지 않은 바다와 같았다.

아무리 휘저어도 닿지 않는 하늘같았다.

'이대로 좋은가.'

문득 독고천이 하늘을 올려다보았다.

뭉게구름이 동동 떠 있었다.

"칼은 구름이다."

검신의 말이 떠올랐지만 아직까지 깨닫지 못하고 있었다.

많은 것들이 독고천의 족쇄가 되어 발목을 부여잡고 있었다.

그런데 문득 어떤 노인이 독고천에게 다가왔다.

"안녕하십니까?"

노인이 정중히 고개를 숙였다.

독고천이 입고 있는 흑의에는 글자 천(天)이 수놓아져 있었다.

즉, 천마신교의 고수이니 노인으로서는 존대를 하는 것

이 당연했다.

"안녕하시오."

독고천이 고개를 끄덕이자 노인이 잠시 머뭇거리다 입을 열었다.

"제가 주제넘게 감히 한마디 드려도 되겠습니까?"

"그러시오."

노인의 얼굴이 활짝 펴졌다.

많은 천마신교의 고수들이 마을을 얼쩡거렸다.

모두들 거만하고 자신감 넘치는 얼굴로 자신들에게 하대하는 것이 자연스러웠다.

그러나 눈앞의 청년은 달랐다.

고독함이 그늘져 있었다.

강함과 고독함, 그 색다른 조합이 눈앞의 청년에게서 느껴졌다.

아마 평상시였다면 조용히 피했을 것이다. 하지만 노인은 청년이 풍기는 분위기에 저도 모르게 말을 걸게 되었고, 눈앞에서 풍겨 오는 청년의 압도감에 숨이 턱 하고 막혔다.

그러나 시간이 흐르자 이내 청년의 압도감이 눈 녹듯 없어져 입을 열 수 있었다.

"저는 이곳의 촌장입니다. 천마신교의 높으신 분께 감히 한말씀 드려도 될까 고민했습니다만……. 다행히 대인께서 이렇게 허락해 주셔서 감히 한말씀 드리겠습니다."

노인이 살짝 미소를 지었다.

"모든 것이 뛰어넘을 수 없는 태산처럼 느껴질 때가 있습니다. 그때는 아무 생각 마십시오."

"무슨 소리요?"

독고천은 노인의 말에 반문했다.

"제가 젊었을 때 느꼈던 고통, 고민들은 그때 당시에 가장 커다란 것이었습니다. 그러나 과연 지금에도 거대하고 클까요?"

노인이 고개를 내저으며 말을 이었다.

"아닙니다. 지금 보면 하찮은 것일 뿐이지요. 결국 대인께서 걱정하시고 계신 것도 결국 미래에는 아무것도 아닌 일이라는 말입니다. 보통 아집이라는 것이 대인을 잡고 있는 것입니다."

독고천은 묵묵히 고개를 끄덕였다.

"좋은 말씀 감사하오."

그 말을 끝으로 독고천은 몸을 휙 돌렸다.

그 순간 노인의 말이 독고천의 귓가를 흔들었다.

"보십시오. 지금도 제 말은 들으셨지만 가슴으로 느끼지 않고 계시지 않습니까."

독고천이 마른침을 삼켰다.

그랬다.

좋은 말임이 분명했지만 개의치 않았다.

머리로는 알고 있었기에.

그러나 정작 중요한 가슴으로 그것을 느끼지 않고 있었던 것이다.

독고천의 온몸의 털들이 곤두서는 듯했다.

잠시 번개 맞은 것 같이 몸을 부르르 떨던 독고천이 정중히 포권했다.

"정말 고맙소."

그 모습에 노인이 해맑은 미소를 지었다.

"드디어 아셨으니 다행입니다. 그럼 저는 먼저 실례하겠습니다."

곡괭이를 들쳐 메고는 노인이 천천히 걸어갔다. 노인의 모습이 사라질 때까지 독고천의 숙인 고개는 한동안 펴질 줄을 몰랐다.

*   *   *

천마신교의 곳곳에서 독고천의 모습이 발견되었다.

상부층은 태상 교주인 독고천이 직접 돌아다니자 순간 긴장했다. 하지만 특별한 행동이 없어 한층 긴장을 놓은 상태였다.

아직 병상에 누워 있는 백수룡을 찾아서 병문안을 하거나 혹은 수련생들을 가르쳤다.

가끔 식객으로 있는 불투신투와 한참 동안 얘기를 나누기도 했다.

무언가에 홀린 듯 객잔을 멍하니 바라보기도 했다.

무언가 이상했다.

그것을 가장 먼저 눈치챈 것은 천선우였다.

"태상 교주님."

바위에 앉은 채 멍하니 있던 독고천을 불렀다.

독고천이 슬쩍 옆을 바라보았다.

"천 교주, 왔는가."

천선우는 비어 있는 교주 직을 수락하고 빠른 속도로 천마신교를 규합하고 있었다.

주진송 부교주도 무공을 되찾은 후에 무공뿐만 아니라 인재양성에 힘을 쏟고 있었다.

단순 무공광에서 천마신교를 챙기는 진정한 부교주로 거듭난 것이다.

바위에는 하나의 비석이 세워져 있었는데, 그곳에는 부러진 도가 박혀 있었다.

"장소연 전 교주의 묘에서 뭐하십니까?"

"과거가 생각나는군."

독고천의 묘한 말에 천선우가 고개를 갸웃거렸다.

자신이 알고 있는 독고천은 미래만 보며 달려가던 인물.

익숙하지 않았다.

"예전 살수 교육 시절 말씀이십니까?"

"그래, 그때 당시 말도 많고 탈도 많았지. 하지만 그때

만큼 재밌던 때는 손에 꼽지 못하겠군."

"하하하, 저도 그때는 아직도 생생합니다."

천선우의 호탕한 웃음에 독고천도 살짝 미소를 지으며 천천히 몸을 일으켰다.

"자네는 검을 뭐라 생각하는가?"

"검이요?"

"자네가 차고 있는 것 말일세."

독고천의 질문에 천선우가 잠시 고민하더니 답했다.

"검은 구름이라 생각합니다."

순간 독고천의 눈이 파르르 떨렸다.

"어째서지?"

천선우가 씨익 웃었다.

"아름다워 보이지만 닿지 않으니까요."

두근.

독고천의 심장이 빠르게 뛰기 시작했다.

자신이 예전 검을 처음 잡았을 때가 생각났다.

아름다운 검신.

혼을 빼앗을 듯한 검병.

그러나 검술을 익히는 과정은 쉽지 않았다.

지금도 아직 검을 잡으면 낯선 기분이 들었다.

자신의 것이지만 자신의 것이 아닌 듯한 느낌.

잠시 멍하니 한곳을 바라보던 독고천이 이내 걸음을 옮겼다.

그 뒷모습을 바라보는 천선우는 무언가 고독함을 느끼고는 안타까운 눈으로 독고천을 바라보았다.

'무슨 걱정을 그리도 하십니까.'

*   *   *

독고천이 멍하니 수련장에서 검을 휘두르는 일이 많아졌다.

검초 하나하나가 너무나도 강맹한 것이어서 수련장 바닥에 금이 갈 정도였다.

상부층에서는 독고천이 있는 시간마다 수련장을 통제했다.

독고천은 아무런 방해 없이 검을 휘두를 수 있었다.

하루하루 지날수록 검초는 더더욱 거세졌다.

그렇게 한 달이란 시간이 흘렀다.

강맹했던 독고천의 검초는 무언가 달라져 있었다.

씻지도 않고 먹지도 않았다.

독고천의 몸은 허약해지고 수염은 더럽게 자라 있었다.

하지만 눈빛은 고요했다.

마치 호수와도 같이 깊어 끝이 보이지 않았다.

독고천의 검이 천천히 허공을 갈랐다.

그것은 지렁이가 기어가는 것처럼 느린 것이라, 보는 이가 하품이 날 정도였다.

그러나 무언가 달랐다.

단순히 느린 것이 아니었다.

일자를 그리고 있는 그 검의 속도는 일정했고 높이 또한 같았다.

그렇게 한 시진이 흐르고 나서야 독고천의 검이 서서히 내려갔다.

만약 다른 이가 이 장면을 보았다면 경악할 것이었다.

독고천의 검이 지나간 자리가 일그러져 있었다.

공간이 왜곡되어 있었다.

마치 누가 비틀어 놓기라도 하듯……

시간이 흐르자 비틀렸던 공간이 서서히 원래 자리를 잡기 시작하더니 이내 원래로 돌아왔다.

독고천은 담담한 표정으로 검병을 움켜쥐어 검으로 하늘을 베었다.

스윽.

작고 낮은 소음이 울림과 동시에 하늘에 떠올라 있던 구름이 베어졌다.

철컥!

검을 검집에 집어넣은 독고천이 나직이 중얼거렸다.

"……칼은 구름이다."

*　　*　　*

"태상 교주님을 뵈옵니다!"

독고천이 지나갈 때마다 많은 수의 고수들이 정중히 고개를 숙였다.

독고천이 손을 휘젓자 고수들은 고개를 들고는 각자 모습을 감췄다.

그런데 문뜩 독고천이 무언가를 발견했다.

천마무기고(天魔武器庫).

독고천이 천마무기고 안으로 들어서자 매캐한 연기와 함께 뜨거운 열기가 올라왔다.

까앙! 깡!

연신 쇠를 두들기는 소리가 울려 퍼졌다.

청랑하고 맑은 소리에 독고천은 저도 모르게 미소를 짓고 있었다.

"거 누구요?"

거친 수염의 중년인이 검게 변한 얼굴로 거칠게 물어왔다.

"무기 하나를 만들고 싶은데."

"무기? 관등성명을 대시오."

"독고천이라 하네."

순간, 중년인의 얼굴이 새하얗게 변했다.

"도, 독고천이라 하셨소?"

"그렇다네."

중년인이 급히 고개를 땅에 박았다.

"천한 것이 태상 교주님을 뵈옵니다."

"일어나게."

독고천의 담담한 말에 중년인이 천천히 몸을 일으켰다.

"저는 장류라고 합니다, 태상 교주님."

"그래, 무기를 만들고 싶은데 말이지."

"아이고, 말만 하십시오. 천하제일의 무기를 만들어 드리겠습니다."

"천하제일무기를 만들 수 있나?"

독고천의 진지한 말투에 장류가 입을 틀어막으며 자책했다.

'이, 이놈의 입이 문제구나.'

"그, 그럼요! 가능합니다."

"이러한 검을 만들고 싶은데 말이지."

독고천의 말을 조용히 듣고 있던 장류의 입은 경악으로 서서히 벌어지더니 이내 입을 다물지 못했다.

"그, 그럼 검을 만들려면 많은 것들이 필요합니다, 태상 교주님."

"뭐든 말하게."

독고천이 순순히 고개를 끄덕이자 장류가 잠시 머뭇거리다 입을 열었다.

"우선 흑철과 현철, 그리고 저와 같은 실력자가 적어도 네 명은 필요합니다. 그리고 가장 중요한 것이 있는데……"

장류가 말하는 것을 망설였다.

그러나 독고천의 담담한 눈빛에 못 이기는 척 말을 이어 나갔다.

"……그것은 절대고수의 진기입니다."

진기라는 것이 무엇인가.

피붙이라도 해도 쉽사리 나눠 주지 않는 것이 진기라는 것이었다.

진기는 내공이 응축된 것으로서 사람이 태어날 때부터 있는 것이었다.

그리고 그 진기는 내력의 바탕이 되고 기본이 되는 것.

그러니 당연히 그 진기가 손상되면 엄청난 피해를 입을 것은 불 보듯 당연한 일이다.

그런데 그러한 진기가 필요하다니.

모두들 꺼려할 것이었다.

그러나 독고천은 고민조차 하지 않았다.

"내 진기를 넣겠네."

신검마라 불리는 절대고수의 진기!

분명 엄청난 신검이 탄생할 것이었다.

장류의 몸이 부들부들 떨렸다.

최고의 병장기를 만드는 것이 그의 꿈이었다.

그러다 천마신교로 흘러왔고 하루하루 희대의 마검을 만들었다.

하지만 그것으로 장류의 장인정신을 채울 수 없었다.

그러던 차에 기회가 온 것이다.

장인의 꿈을 펼칠 수 있는 절호의 기회가!

"……꼭 만들어 보이겠습니다."

"부탁하네."

독고천은 그 말을 끝으로 구석에 자리를 잡고 가부좌를 틀었다.

그렇게 천마무기고의 굴뚝에서는 검붉은 먹구름이 다시 흘러나오고 있었다.

*　　*　　*

한 달이 흐르고 또 한 달이 흘렀다.

장류와 그를 돕던 장인들의 얼굴은 안쓰러울 정도로 홀쭉해져 몇 달 전과는 많이 달라져 있었다.

하지만 그들의 눈빛에서는 열정이 쏟아져 나오고 있었다.

그들은 포기하지 않았다.

엄청난 양의 현철과 흑철들이 망가졌다.

제대로 검병조차 만들지 못했으나 그들은 실망치 않았다.

최고를 만들기 위해서 그 정도는 당연한 것이다.

오히려 최고를 한 번에 만들어 낸다면 그것은 최고일 수 없을 것이다.

그들은 이틀을 밤새고 잠깐씩 교대로 낮잠을 청했다.

그들은 그렇게 무언가에 홀린 듯 검을 만들었다.

깡! 깡!

그렇게 또다시 한 달이 흘렀다.

"태상 교주님."

가부좌를 틀고 있던 독고천이 눈을 떴다.

장류가 손에 무언가를 들고 미소를 머금고 있었다.

그것은 작고 붉은 공이었는데, 시뻘겠다.

"이곳에 진기를 넣어 주시겠습니까?"

독고천이 거침없이 손을 내밀며 공을 만졌다.

우웅웅!

소음과 함께 붉은 공이 파르르 떨렸다.

"고생하셨습니다."

장류가 급히 붉은 공을 가지고 대장간으로 달려갔다.

그 뒤를 네 명의 조수가 뒤쫓았다.

일주일이 흐른 후.

장류의 손에는 황금빛 검이 들려 있었다.

"태상 교주님, 완성했습니다."

독고천이 황금빛 검을 받아 들었다.

순간, 공명음이 울렸다.

파르르!

마치 주인을 알아보는 듯 검이 부들부들 떨었다.

독고천이 고개를 끄덕였다.

"잘 만든 검이군. 내가 부탁한 것은?"

"저희 중에 시험해 볼 만한 고수가 없었습니다만…….
아마 될 것입니다."

독고천이 슬쩍 검을 휘두르자 갑자기 우레와도 같은 굉
음이 울렸다.

우르르르!

마치 천둥이 옆에서 울리는 듯싶었다.

독고천이 그제야 만족한 듯 검을 내려놓았다.

"수고들 했네."

독고천이 장인들의 어깨를 가볍게 툭, 치자 그들은 어쩔
줄 몰라 하며 절을 했다.

"당연히 해야 할 일을 한 것뿐입니다."

"당연히 해야 할 일을 하기가 힘들지."

그 말을 끝으로 독고천은 검을 들고 모습을 감췄다.

남겨진 장인들은 안도의 한숨을 내쉬며 털썩 주저앉았
다.

"고생들 하셨소."

"고생은 무슨! 내 인생에 최고의 검을 만들었으니 곧
죽어도 여한이 없소."

"하하하."

그렇게 천마무기고는 장인들의 웃음소리가 가득 찼다.

*　　　*　　　*

하북팽가가 발칵 뒤집혔다.

진주언가로 파견 보냈던 팽용치가 실종된 것이다.

직접 서신을 보내 보기도 했지만 진주언가 측에서는 모른다는 답변만이 올 뿐이었다.

팽용치가 하북팽가에서 차지하는 위치로 보았을 때 결코 쉽사리 당할 고수가 아니었다.

또한 팽용치는 아무 말 없이 모습을 감출, 책임감 없는 자가 아니었다.

분명 이것은 암습 혹은 철저한 계획 아래 이루어진 실종이라며 팽가의 고수들이 분개했다.

그중 용의자가 하나로 좁혀지고 있었다.

진주언가!

하북에는 유명한 문파가 많은 편도 아니었고 팽용치 정도면 혼자 어떤 위협에서도 쉽사리 벗어날 수 있었다.

한데 그리하지 못했다는 것은 진주언가 측에서 계획적으로 팽용치를 잡았다는 것이었다.

하북팽가주 팽진(彭眞)은 얼굴이 붉어진 채로 단상에 앉아 있었다.

그 주위에 앉아 있는 중년인들의 얼굴들도 울그락 불그락 하며 화를 참고 있었다.

본래 팽가는 다혈질로 유명한 집안이었다.

아무래도 팽가의 도법들 자체가 패도적이고 난폭하다

보니 그것이 팽가의 성격에 영향을 주었다.

자신의 집안사람이 다른 문파에 의해 실종되었는데 그 누가 화가 나지 않을까.

"어찌하면 좋겠소?"

팽진의 물음에 조용히 입 다물고 있던 중년인들이 벌떡 일어서며 각자 떠들기 시작했다.

"바로 쳐들어갑시다!"

"암암, 진주언가 따위."

"감히 팽가를 우습게 봐? 당장 내일 출발합시다. 다 쓸어버리자고!"

중년인들이 연신 주먹을 움켜쥐며 허공에 삿대질을 해 왔다.

그 모습을 조용히 지켜보던 팽진이 손을 살짝 들자 모두들 입을 다물었지만 흥분을 가라앉히지는 못했다.

그만큼 팽용치는 팽가에서 중요한 위치와 성격이 불같긴 하지만 의와 협을 중시하는 인물로, 다양한 방면의 인맥이 넓은 인물이었다.

"우선 진주언가를 용의자 선상에 올려놓았지만 아직 우리는 증거가 없소. 모든 정보는 개방에 의뢰할 것이오."

개방이라는 말에 중년인의 표정이 일그러졌다.

하북성은 좁다 보니 문파들끼리 자주 마찰을 일으킬 수밖에 없었다.

특히 방대한 조직을 거느린 개방과는 개와 원숭이처럼

연신 분쟁이 끊임없었다.

냄새만 나고 도움도 되지 않는다고 천시하던 거지들에게 도움을 요청하는 생각을 하니 절로 배가 아파왔다.

하지만 따로 뾰족한 수가 없었기에 다들 동의하는 듯 고개를 주억거렸다.

"그럼 다들 동의하는 것으로 알고 개방에 의뢰하겠소."

그렇게 개방의 귀에 팽용치의 정보가 들어갔다.

*　　*　　*

개방의 하북 분타주 자춘덕은 이리저리 몸을 비틀며 인상을 찌푸렸다.

"이놈의 이들!"

벅벅 몸을 긁으며 걸어가던 자춘덕이 순간 무언가를 발견하고는 눈을 빛냈다.

"어라?"

땅에 동화(銅貨) 한 개가 떨어져 있었다.

자춘덕이 슬쩍 좌우를 훑어보고는 아무도 없음을 파악한 후 곧바로 동화를 낚아챘다.

품속에 동화를 갈무리한 자춘덕은 헛기침을 하며 피시시 웃었다.

'오늘 운이 좋군.'

한참 덩실거리며 춤추듯 걸어가던 자춘덕은 옷자락을

만지자 느껴지는 둥근 느낌에 애써 점잖은 표정을 지었다.

"험험."

자춘덕 앞에는 진주언가의 산문이 떡하니 버티고 있었다. 그런데 이상하게도 평상시와는 달리 산문을 지키는 무사가 보이지 않았다.

"이상하군, 이상해."

자춘덕이 의아한 표정을 지으며 산문으로 걸어가려다 문뜩 무언가 생각났는지 걸음을 멈추었다.

"아니지, 굳이 정문으로 갈 필요는 없지."

자춘덕이 씨익 웃으며 담벼락 쪽으로 발걸음을 옮겼다.

주위를 살피며 담벼락을 타던 자춘덕은 싸늘한 기운에 몸을 절로 떨었다.

"으스스하네. 이상한데. 진주언가 쪽에 이렇게 인적이 드물었나?"

진주언가 근처에는 원래 상가가 잘 발달되어 있었다.

전에는 나름 북적거리던 세가에서 사람은커녕 쥐꼬리조차 보이지 않으니 당연히 의심이 갈 만했다.

담벼락을 타던 자춘덕이 가볍게 뛰어내리고는 마을 쪽으로 발걸음을 옮겼다.

본래 사건을 조사하기 위해선 그 주위의 것들을 먼저 조사해야 하는 법!

거기까지 생각이 닿자 자춘덕은 흐뭇한 미소를 지었다.

'역시 난 똑똑하다니까.'

마을 쪽으로 발걸음을 옮기던 자춘덕의 표정이 서서히 일그러지다가 이내 종잇장처럼 꾸겨지고 말았다.

마을이 텅 비어 있었다.

사람이 살던 흔적은 있지만 쥐새끼 꼬리조차 보이지 않았다.

"이게 도대체 무슨 일인가."

자춘덕의 본능이 말해 주고 있었다.

심상치 않은 사건이 일어나고 있다!

그러나 개방으로 이대로 돌아간다면 자춘덕의 이름이 울 것이다.

자춘덕은 눈을 빛내며 주위를 살폈다.

하나하나, 집안 구석구석을 살피던 자춘덕은 고개를 주억거렸다.

'납치!'

그랬다.

살림살이도 그대로, 또 반항의 흔적도 없었다.

그렇다면 납치 중에서도 무림인이 행한 납치일 확률이 매우 컸다.

부스럭!

순간, 자춘덕의 신형이 솟구치더니 어느새 나무 위에 올라가 있었다.

자춘덕이 숨을 죽인 채 아래를 내려다보자 다부진 몸의 무사들이 검은 포대를 나르는 모습이 보였다.

포대의 크기는 정확히 한 사람이 들어갈 만한 크기였기에 자춘덕의 안광이 절로 빛났다.

무사들이 바로 자춘덕 아래로 지나갈 무렵.

자춘덕의 신형이 그들의 뒤로 뚝 떨어졌다.

휘익!

곧바로 무사들이 힘없이 널브러졌다.

자춘덕은 씨익 웃고는 손을 한 번 툭툭 털었다.

'아직 살아 있다, 이거야!'

자춘덕은 입맛을 다시며 무사들의 품속을 뒤적거렸다.

손에 집히는 것은 하나의 명패.

언(彦)이라고 적혀 있는 것을 보아 진주언가의 무사들인 듯싶었다.

'흠흠, 진주언가와 척을 지고 싶진 않지만 이것도 다 조사의 일부지.'

자춘덕은 스스로 변명을 하며 아무렇지 않게 무사들을 옆으로 옮겼다.

그리고 포대기를 열어 내용물을 확인한 자춘덕의 눈은 엄청나게 커졌다.

약 삼십대 중반의 사내가 포대기에서 나왔는데 숨을 쉬는 것을 보아 죽은 것 같진 않았다.

그러나 눈을 감은 채 겨우 숨만 쉬는 것을 보아 혈도를 짚인 듯 보였다.

'진주언가가 납치를 한단 말인가?'

자춘덕은 혼란에 빠졌다.

진주언가는 그래도 정파에서 알아주는 명가 중 하나였다.

비록 몰락해 가고는 있지만 그래도 의와 협을 의와 협을 지키는 정파였다. 그런데 그런 무리가 사람을 납치하고 있던 것이다.

'일이 커지는데…….'

중얼거리던 자춘덕이 포대기와 기절시킨 무사들을 안 보이는 곳으로 옮겼다.

짚으로 무사들을 비롯해 포대기를 감춘 자춘덕이 조심스럽게 돌아다니기 시작했다.

아니나 다를까.

진주언가 무사들이 연신 분주하게 움직이며 포대기를 나르고 있었다.

자춘덕은 이리저리 살피며 서신에 무언가를 끄적거렸다.

서신이 한 장 꽉 차자 자춘덕은 서신을 품 안에 갈무리하고 신형을 날리려 했다.

그런데 자춘덕의 움직임이 멎었다.

자춘덕은 눈동자를 굴리며 양옆을 살폈다.

왼쪽 편에는 언제 나타났는지 모를 회의사내가 서 있었다.

"안녕."

회의사내가 씨익 웃으며 손을 흔들자 자춘덕의 이마에서 식은땀이 흘러내리기 시작했다.

'누, 누구지?'

아무리 자신이 방심했다 할지라도 자신은 나름 개방에서 알아주는 고수였다.

그런데 그런 자신을 일수에 제압할 줄이야.

"안녕이라니까."

회의사내가 손을 휙 휘두르자 자춘덕의 몸이 무언가에 쭈욱 뒤로 밀려났다.

그와 동시에 짚인 혈도가 풀림을 느끼며 자춘덕이 급히 몸을 바로 잡았다.

"누, 누구냐!"

第二章
신진고수(新進高手)

자춘덕이 주위를 경계하며 회의사내를 노려보았다.

회의사내가 빙긋 웃었다.

"나? 마동진."

마동진이라는 말에 자춘덕의 머릿속이 하얗게 변했다.

마동진이 누구던가.

무적제 마동진!

"무, 무적제……."

"그래, 다들 그렇게 부르던데."

마동진이 고개를 주억거리며 바위에 걸터앉았다. 그 모습에 자춘덕이 내력을 돌리기 시작했다.

'아무리 유명한 무적제라 할지라도 한순간의 기회는 있겠지.'

그러나 자춘덕을 바라보던 마동진이 고개를 절레절레 내저었다.

"그러지 마. 요즘 힘 조절이 잘 안 되더라고. 그러다 죽어."

마동진의 전신에서 스멀스멀 기운이 흘러나오기 시작하더니 자춘덕을 휘감았다.

자춘덕은 저도 모르게 무릎을 꿇고는 입에서 피를 토했다.

"커헉!"

몸이 부들부들 떨리며 전신에 힘이 빠졌다.

"흠."

마동진이 자춘덕을 이리저리 살피더니 고개를 까닥이며 중얼거리듯 말했다.

"개방에서 왔구나."

자춘덕의 이마에서 핏줄이 툭툭 튀어나오고 꿈틀거리기 시작했다.

"으으."

자춘덕이 신음을 터트리며 고통스러워하자 마동진이 자춘덕의 어깨를 툭, 쳤다.

그러자 부들부들 떨던 자춘덕이 멍한 표정을 지으며 옆으로 푹 쓰러졌다.

철푸덕!

마동진은 쓰러진 자춘덕을 내려다보다 다시 슬쩍 하늘

로 시선을 옮겼다.

구름은 잔뜩 끼고 바람이 거셌다.

"드디어 내일이다."

홀로 중얼거린 마동진이 자춘덕을 어깨에 짊어지고 모습을 감추었다.

＊　　＊　　＊

시산혈해(屍山血海)!

이 이상으로 하북성의 상태를 잘 설명하는 표현은 없었다.

하북성에 군림하다시피 하던 개방이 하남으로 본거지를 옮길 정도로 엄청난 타격을 입었다.

말 그대로 거지들의 오 할 이상이 죽거나 다쳤고, 개방의 본거지는 말 그대로 박살이 났다.

도 하나로 하북성을 제패하던 하북팽가 역시 그와 다르지 않았다.

식솔의 삼 할이 죽어 나갔으며 하북팽가는 더 이상 하북에 머물 수 없었다.

모두들 흩어져 강호무림맹에서 마련해 준 임시 거처에서 근근이 버티고 있었다.

사건의 발단은 개방에 자춘덕의 목이 도착하고 나서부터였다.

전쟁 선포!

진주언가가 강호를 상대로 전쟁을 선포한 것이었다.

가장 근접한 위치에 있는 개방과 하북팽가는 곧바로 정예 부대를 투입하여 진주언가를 덮쳤다. 그리고 그 누구도 다시 돌아오지 못했다.

결국 개방과 하북팽가는 심각함을 깨닫고 강호무림맹에 도움을 청하려 했지만 이미 때는 늦고 말았다.

숨어 있던 강시들을 비롯한 강시술사들이 개방과 하북팽가를 덮쳤다.

그들은 도검에 베이거나 찔려도 죽지 않고, 다리나 팔이 한쪽 떨어져도 고통조차 토해 내지 않았다.

말 그대로 괴물이었다.

무림인들은 강시라는 괴물 아래 짓밟혀, 피를 흘리며 죽어 갔다.

강호무림맹은 진주언가를 공공의 적으로 선포하고 문파들에게 도움을 청했다.

문파들은 심각함을 깨닫지 못했다. 하지만 하남의 소림사와 호북의 무당파마저 본거지를 옮기자 그제야 심각함을 깨닫고 인원들을 파견 보내기 시작했다.

그렇게 강호무림맹을 중심으로 강호인들은 모여 갔다.

하지만 문제가 하나 있었으니…….

그것은 바로 강호무림맹이 천마신교에 도움을 요청했다는 것이었다.

                *   *   *

중년의 사내들이 모인 회의장. 그 중심에는 백발의 사내가 앉아 있었다.

중년 사내들의 표정은 하나같이 일그러져 있었지만, 개의치 않는 표정의 백발사내는 조용히 차를 홀짝이고 있었다.

그러던 중 한 명이 더 이상 참지 못하겠다는 듯 침묵을 깼다.

"맹주님."

그러자 백발사내, 강호무림맹주 사천반이 고개를 끄덕였다.

"왜 그러시오."

"아무리 생각해도 이해가 안 됩니다."

"어느 것이 말이오?"

사천반이 되묻자 강호무림맹 장로 기자헌이 한숨을 내쉬며 고개를 내저었다.

"어째서 마교를 끌어들이신 겁니까. 마교 놈들이 굳이 없어도 본 맹과 다른 문파들의 힘만으로도 진주언가를 이겨 낼 수 있습니다. 그런데 어째서……."

"기자헌 장로."

"예."

기자헌이 답답한 표정으로 고개를 끄덕였다.

그러자 사천반이 천천히 말을 이어 나갔다.

"나는 오랜 기간 맹주를 맡아 왔소. 그리고 많은 일들을 겪었지. 그리고 거기서 느낀 것은, 천마신교라는 곳을 절대로 무시해서는 안 된다는 것이오. 당신들도 알지 모르겠지만 본 맹은 어느 순간 길을 잘못 들고 있었소. 결국 고인 물은 썩기 마련이오."

사천반의 진중한 말에 중년 사내들이 벌레라도 씹은 듯 얼굴이 굳어졌다.

분명 눈과 귀를 막은 채 잘하고 있다고 생각했는데 맹주의 귀에 무언가 들어간 것이 틀림없었다.

그들은 몇 년 전부터 정보들을 조작하여 맹주의 이목을 피해 뒷돈 챙기는 것을 비롯해 말하기 부끄러운 짓을 해 왔다.

그런데 그것을 맹주가 알아챈 것이다.

사천반이 말을 이었다.

"지금 이대로라면 강호 전역이 위험할 판이오. 천마신교도 강호의 하나일 뿐. 그리고 천마신교 측에서도 동의의 뜻을 보내왔소이다."

사천반의 말에 장로들의 표정이 경악으로 물들었다.

파견 서신을 보낸 것까지는 그럴 수 있었다.

천하의 마교 놈들이 그딴 것에 응할 리 없었으니 말이다.

그런데 그놈들이 응할 줄이야······.

"그, 그게 정말입니까?"

기자헌이 당황하며 물었지만 사천반은 눈썹조차 꿈틀거리기 않았다.

"그렇소. 강호의 위험을 말하자 천마신교 측에서도 흔쾌히 동의해 왔소. 아마 내일 정도 천마신교 고수들이 도착할 것이오. 잘 환영해 주시길 바라오."

사천반이 벌떡 일어서더니 장로들을 날카로운 눈으로 살펴본 후 회의장을 나갔다.

남겨진 장로들은 서로를 살펴보다가 한숨을 내쉬었다.

"어떻게 맹주께서 그것을 알게 된 것이오?"

"그러게 말이외다."

"이 일을 어찌해야 할지……."

회의장은 장로들의 한숨으로 가득 찼다.

*　　*　　*

"도대체 여기가 어딥니까?"

곽후의 물음에 독고천이 피식 웃기만 할 뿐, 답해 주진 않았다.

곽후 옆에 있던 이자헌이 정중히 말했다.

"이곳은 강호무림맹입니다."

이자헌은 절대마령대의 부대주에서 지난 세월 각고의 노력 끝에 대주의 자리로 오른 고수였다.

정마대전 이후 때 입은 상처로 오른쪽 시력을 잃었지만 여전히 엄청난 검귀로 악명을 떨치는 마인이었다.

이자헌의 몸에서는 자색 마기가 넘실거리며 흘러나오자 주변인들은 힐끗거리며 눈치만 살폈다.

"아, 고맙습니다. 대주님."

곽후가 미소를 지으며 답하자 이자헌은 살짝 미소를 머금고 다시 날카로운 표정으로 돌아갔다.

미소를 지었던 곽후는 곧바로 얼굴을 찌푸렸다.

아니, 이게 말이 되는가.

천마신교와 강호무림맹은 적이 아니던가.

그런데 아무리 사부가 천하제일이니 뭐니 해도 거의 홀몸이다시피 적진에 들어가다니.

곽후가 슬쩍 뒤를 바라보았다.

이자헌 뒤로는 약 이백여 명의 마인들이 뒤쫓아 오고 있었다.

모두들 자색 마기를 풀풀 풍기는 그들을 지나가던 사람들이 공포 가득한 표정으로 그들을 힐끗거리고 있었다.

앞장서서 걸어가던 독고천이 걸음을 멈추자 뒤따르는 마인들도 멈춰 섰다.

강호무림맹의 대문을 지키고 있던 무사들의 안색이 변했다.

그것도 그럴 것이, 장작 이백여 명이 넘는 마인들이 마기를 풀풀 풍기며 눈앞에 있다고 상상해 보라.

그 누가 멀쩡히 서 있을 수 있을까.

"어, 어디에서 오셨습니까?"

왼쪽에 서 있던, 뺨에 흉터를 지닌 무사가 조심스럽게 묻자 독고천이 피식 웃었다.

"보면 모르나?"

마기를 풀풀 풍기는 마인들.

그들이 올 만한 곳은 한군데밖에 없었다.

지나가던 삼척동자도 알 사실.

"마, 아, 아니, 천마신교에서 오셨습니까?"

독고천이 귀찮다는 듯 고개를 까닥이자 무사의 안색이 허옇게 변했다.

추측과 확인은 다르다.

예상은 하고 있었지만 막상 마교에서 왔다고 통보를 받으니 매우 난감한 상황이었다.

"어, 그러니까……"

무사가 식은땀까지 흘리며 당황해하자 독고천이 슬쩍 무사를 옆으로 밀쳤다.

순간, 무사의 몸이 주르르 움직이며 옆으로 밀려나는 것을 보고 마인들의 눈동자가 흔들렸다.

'역시!'

방금 그 수법은 내가중법으로서 상대방의 몸에 자연스럽게 기를 흘려 몸을 뒤로 밀려나게 한 것이었다.

웬만한 절정고수들도 쉽사리 구사할 수 없다는 내가중

법을 자연스럽게 구사한 것이었다.

독고천이 대문을 툭 밀자 닫혀 있던 대문이 활짝 열렸다.

대문을 지키던 무사들은 당황하여 말려 보려 했지만 이미 마인들의 절반 이상이 지난 후였다.

강호무림맹 본맹에 마인들이 들어서자 무사들이 모두 기겁하고 말았다.

"네 이놈들, 감히 여기가 어딘 줄 알고!"

얼굴이 흉터투성이인 사내가 장포를 펄럭이며 갑자기 나타나 길을 가로막았다.

사내는 대략 사십대 중반 정도 되어 보였는데, 중후한 얼굴이 꽤나 분위기가 있었다.

그러나 얼굴 전체가 검상으로 도배되어 있어 험악한 인상이었다.

"웬 마교 놈들이냐!"

장영진(壯榮進)이 어처구니가 없다는 듯 마인들을 노려보며 외쳤다.

그것도 그럴 것이, 여기가 어디이던가.

정파의 중심지라 할 수 있는 강호무림맹의 본 맹이 아니던가.

그런데 어찌 감히 마교 놈들이 이렇게 찾아온단 말인가.

맨 앞에 서서 장영진을 물끄러미 쳐다보고 있던 독고천

이 지친다는 표정으로 무언가를 휙 날렸다.

장영진이 깜짝 놀라며 무언가를 낚아챘다.

그것은 작은 서신이었는데, 읽어 내려가는 장영진의 눈은 점점 커져 가더니 이내 경악에 물들었다.

"뭐하나, 안 비키고."

독고천이 짜증난다는 듯 말하자 장영진이 믿을 수 없다는 표정으로 서신과 독고천을 번갈아 쳐다보더니 마른침을 삼켰다.

"이, 이게 진짜인가?"

"나와라."

독고천이 슬쩍 손을 휘두르자 장영진의 몸이 무언가 이끌려 옆으로 날아가다시피 했다.

"헉!"

날아가던 장영진이 애써 중심을 잡고는 독고천을 비롯한 마인들을 노려보다가 침음을 삼키며 무사들에게 말했다.

"……길을 열어 주거라."

무사들은 장영진의 말에 잠시 당황해 했지만 대장의 말인지라 무시할 수 없었다.

무사들이 양옆으로 갈라서자 독고천을 비롯한 마인들이 가볍게 그들을 지나쳤다.

멍하니 마인들과 독고천이 멀어지는 모습을 바라보던 장영진이 못 믿겠다는 듯 중얼거렸다.

"매, 맹주께서 마교 놈들과 협약을 체결하셨다니⋯⋯."

*　　*　　*

강호무림맹 장로들은 멍하니 의자에 앉아 있었다.

장로들 중심에 사천반이, 그리고 그 건너편에는 독고천이 앉아 있었다.

독고천 뒤에는 이자헌과 곽후가 양쪽에 호위하는 것마냥 서 있었다.

이자헌에게서는 미칠 듯한 자색 마기가 흘러나오고, 곽후에게서는 아무런 기세조차 나오지 않고 있었다.

그것이 더욱 강호무림맹 장로들을 불안케 했다.

본래 마공을 극성으로 익히게 되면 마기를 자유자재로 조절할 수 있었다.

저 의자에 앉아 있는 괴물, 독고천은 그렇다 쳐도 그 오른쪽 편에 서 있는 사내는 생전 처음 보는 얼굴이었다.

왼쪽 편이야 그 유명한 절대마령대주 이자헌인 것이 확실했다.

커다란 장검도 장검이지만 우선 절대마령대주 정도 되다 보면 생김새를 비롯한 모든 것들이 강호무림맹에 파다하게 퍼지는 것은 당연했다.

하지만 역시나 오른쪽 편 사내가 문제였다.

뇌리 속으로 연신 사내의 정체를 찾아내려 했지만, 생

면부지의 인물이었다.

'마교의 새로운 부교주인가?'

모두들 곽후의 사소한 움직임조차 놓치지 않기 위해 유심히 살폈다.

만약 새로 부교주로 등극했다면 그것은 매우 커다란 정보였기 때문이다.

천마신교라는 단체는 힘으로 모든 것이 정해지는 곳.

그곳의 부교주 정도 되려면 엄청난 무위가 있어야 했는데, 강호무림맹의 눈을 피해 그런 엄청난 고수가 갑자기 튀어나올 순 없었다.

분명 내력이 있을 것이다.

만약 눈앞의 자가 정말로 부교주라면 큰 문젯거리였다.

가뜩이나 너무나 강해, 쉽사리 건드리지 못하는 집단에 또 한 명의 방해꾼이 생기는 것이니 말이다.

"오랜만이군."

독고천의 중얼거림과도 같은 말에 장로들이 울컥하며 몸을 일으키려 했다.

그들은 갓 신입 장로가 된 자들.

고로 독고천의 신위를 직접 보지 못하고 소문으로만 접했던 자들이다.

그러나 독고천의 무위를 체감했던 자들은 모두 침묵을 유지하고 있을 뿐이었다.

중앙에 앉아 있던 사천반이 독고천의 말에 빙긋 웃었다.

"오랜만이외다. 이런 공적인 자리는 처음일 거라 생각하는데……."

"그렇지. 만날 서로 죽일 궁리만 하고 있었지, 손을 잡을 생각은 이번이 처음이잖나?"

독고천의 이죽거림에도 불구하고 사천반의 표정은 변하지 않았다.

사천반은 이번이 마지막 기회라고 생각하고 있었다.

장로들의 손아귀에서 벗어날 절호의 기회.

만약 눈앞의 사내를 놓치게 된다면 평생 장로들의 손에 가려 아무것도 보이지 않고, 들리지도 않는 세상에 다시 빠져들 것이 빤했다.

"맞소이다. 그래도 이렇게 결국은 만나게 되었으니 다행이라 생각하오만. 허허."

사천반의 너털웃음에 독고천의 눈빛이 살짝 빛났다.

처음에 사천반의 서신을 읽었을 때 독고천이 느낀 것은 당혹함이었다.

정파의 우두머리가 사파의 우두머리에게 도와 달라는 서신을 보낼 줄이야.

거기다 서신에 적혀 있는 내용은 파격적이었다.

만약 본 맹에 직접적으로 피해만 가지 않는다면 차후 삼십 년간 무조건 귀 교의 행사를 방해하지 않는다.

그 말인즉슨 천마신교가 분타를 늘리든 정파와 시비를 붙든 강호무림맹에 피해만 없다면 눈을 감아 준다는 것이었다.

만약 장로들이 그 서신을 보았다면 당장 혼절해도 이해가 될 만큼의 엄청난 조건이었다.

"그래, 이제 인사치레는 끝났고. 내가 맹주에게 하고 싶은 말은…… 내 수하는 내가 명령한다는 것인데, 어떻게 생각하는지?"

다른 장로들이 움찔거리며 반대 표시를 했지만 사천반은 아랑곳하지 않았다.

"당연한 것 아니겠소? 독고 대협의 수하분들은 하나같이 고강하고 뛰어난 고수분들이오. 또한 귀 교의 전술에 최적화되어 있을 테니 독고 대협에게 맡기는 것이 도리라 생각하고 있소."

독고천은 조용히 사천반을 바라보았다.

사천반의 눈동자는 흔들리지 않았다.

그것은 무언가 강한 결심을 했을 경우에 보여 줄 수 있는 눈동자였다.

독고천이 씨익 웃었다.

"맹주와의 독대를 청하고 싶은데……."

사천반이 흔쾌히 고개를 끄덕이며 장로들에게 손을 내저었다.

"모두 자리에서 일어나시오. 독고 대협께서 본인과 대

화를 나누고 싶다 하니 말이오."

장로들은 입 한 번 뻥긋 열지도 못한 채 회의장에서 쫓겨나다시피 했다.

단둘이 남은 회의장은 조용했다.

"무슨 꿍꿍이지?"

독고천이 나직이 묻자 사천반은 그제야 한숨을 내쉬며 몸을 뒤로 눕혔다.

"사실 본인은 꼭두각시와도 같은 존재요. 장로들의 손아귀에 떨어져 하라는 대로 하는, 그런 꼭두각시 말이오. 그리고 이번에 귀하와 손을 잡아서 그 손아귀에서 벗어나려고 하오."

"나와 손을 잡아서?"

"그렇소. 귀하는 명실상부 강호 최강의 세력을 맡고 있는 고수. 우선 귀하와 동맹을 맺는 것을 인지시키는 데는 어렵지 않았소. 결국 귀 교도 강호에 소속되어 있고 현재 강호 자체가 위험하니까 말이오."

독고천이 계속 해 보라는 듯 고개를 까닥였다.

"그리고 이번 기회에 장로들을 갈아 치우려 하오. 자신들의 욕심만 채우는 그런 자들이 아니라, 진정 강호의 안위를 걱정하는 의협 가득한 자들로."

순간, 사천반의 눈동자가 태양처럼 빛났다.

독고천은 표정 하나 바뀌지 않은 채 사천반을 바라보았다.

담담한 눈빛으로 사천반을 바라보던 독고천이 씨익 웃
으며 벌떡 일어섰다.

"그 조건, 승낙하지."

                    *   *   *

강호무림맹에는 많은 고수들이 북적였다.

각 유명한 문파에서 파견 나온 고수들이 각자 배정된
방에서 잠을 청했고, 그런 다음 조를 정하여 적진으로 향
했다.

처음에는 밀리던 전력이 이제는 슬슬 자리가 잡히며 강
시들에 대항하기 시작했다.

강시의 약점은 바로 심장 아랫부분이었는데, 그곳에 구
슬들이 박혀 있었다.

그 구슬을 깨 버리면 강시는 시체로 돌아가는 것이었다.

물론 가끔 살아 있던 자를 강시로 만든 경우도 있는데,
그들의 구슬을 깨게 되면 실혼인(失魂人) 상태가 되어 버
렸다.

즉, 자신의 이름도 기억하지 못하고 아무 말도 못하는
그런 살아도 살아 있는 것이 아닌 사람이 되는 것이었다.

장로들은 천마신교에서 온 고수들을 따로 격리하자고
조언을 했지만 사천반은 듣지 않았다.

오히려 정파의 고수들과 함께 방을 배정해 버렸다.

잠시 임시 거처에서 머물러 있던 독고천은 어떤 고수에게서 서신을 건네받았다.

이백이호(二百二號).

"이게 뭐지?"

"방 번호입니다. 그럼."

그 말을 끝으로 고수가 모습을 감추자 독고천은 고개를 주억거리며 방을 나섰다.

방을 나선 독고천은 이리저리 두리번거리다가 이백이라고 적혀 있는 전각을 발견하고 그곳으로 발걸음을 옮겼다.

이백이라고 적힌 전각 앞에 도착하자 여러 방문들 중 이백이호라 적혀 있는 방문을 천천히 열었다.

끼이익.

소음과 함께 문이 열리고 이백이호실 안에 있던 사내들의 시선이 독고천에게 꽂혔다.

방 안에 있던 사내들은 하나같이 정파의 명숙들이었다.

강호오대세가에 속하는 자들이었는데 하나같이 유명하지 않은 자가 없었다.

하북팽가의 팽량(彭良)!

달마저 베어 버린다는 도법의 고수였다. 그는 하북팽가의 한 기둥을 담당하는 수석장로임에도 강호의 안위를 위해 직접 나선 것이었다.

팽량 옆으로는 두 명의 젊은 사내가 아마 팽량을 보좌하는 듯했다.

그들 또한 헌량한 기운을 뽐내고 있어 뛰어난 무위를 짐작케 했다.

팽량 옆에는 듬직한 몸집의 중년인이 앉아 있었다.

남궁세가의 남궁제(南宮齊)!

제왕검법의 고수로서, 남궁세가 최연소로 제왕검법을 극성으로 익혔다는 검의 고수였다.

또한 팽량과 마찬가지로 남궁세가의 장로들 중 한 명으로서 남궁세가의 기둥 중 하나였다.

마찬가지로 남궁제 옆에도 보좌하는 사내들이 있었다.

남궁제 옆에는 나이가 지긋한 노인이 앉아 있었는데 그 노인이야말로 명숙 중의 명숙이었다.

당문세가의 당용치(唐龍峙)!

팔대극독과 팔대암기를 자유자재로 쓰는 독공과 암기의 고수!

그 누구도 맞서기 꺼려하는 독인!

당문세가의 가주조차 쉽사리 대하지 못한다는 명숙 중의 명숙!

그가 바로 당용치였다.

그들은 새로 들어온 사내의 얼굴을 보고는 고개를 갸웃거렸다.

그래도 이런 방에 배정받을 정도면 뛰어난 고수거나 명숙임이 분명한데 아무런 기도조차 느껴지지 않은 탓이었다.

그런데 이게 웬일.

독고천이 슬쩍 그들을 훑어보더니 구석 자리에 앉아서 가부좌를 틀고 눈을 떡 감는 것이 아닌가.

이 어처구니없고 버르장머리 없는 상황에 강호 명숙들은 입을 쩍 벌렸다.

그리고 그중 가장 다혈질인 팽량의 얼굴이 붉으락푸르락 변하기 시작했다.

"이놈!"

팽량이 우렁차게 외치며 말하자 구석에 앉아 있던 독고천이 슬쩍 오른쪽 눈을 떴다.

마치 왜 불렀냐는 듯한, 건방진 표정이었다.

팽량이 이를 갈며 벌떡 몸을 일으켰다.

"감히 어르신들이 계시는데 버르장머리 없이! 네놈의 사문이 어디냐?"

"그렇게 묻는 네놈의 사문은 어디냐?"

독고천이 이죽거리며 묻자 팽량의 인내심이 뚝 끊어졌다.

벽에 기대어 놓았던 도를 움켜쥐고는 독고천 앞으로 성큼성큼 다가갔다.

독고천을 내려다보는 팽량의 눈에서는 불꽃이 타오르고 있었다.

"네놈, 당장 나오거라."

독고천이 피식 웃었다.

"나가서 뭘 하려고?"

"네놈의 버릇을 내가 친히 고쳐 주겠다. 그리고 네 사문의 어른에게 직접 잘못을 묻겠다. 이놈!"

팽량이 거침없이 독고천의 멱살을 부여잡으며 일으키려 했다.

그런데.

"아니, 이놈이?"

팽량은 아무리 버릇없는 놈이라 할지라도 내력까지 쓰면서 혼내고 싶지 않았다.

그래도 나름 명문의 자제일 터인데 일을 크게 만들고 싶지 않았던 것이다.

그런데 이놈이 그런 깊은 생각도 모르고 감히 내력을 돌려 버티고 있는 것이었다.

화가 머리끝까지 치솟은 팽량이 곧바로 내력을 돌리며 당장 독고천을 내팽개치려 했다.

그런데 독고천은 꿈적도 하지 않았다.

팽량은 이미 육 할 이상의 내력을 돌리며 끙끙거렸지만, 독고천은 눈썹조차 찡그리지 않은 것이다.

이미 엎어진 물.

팽량은 내력을 극성까지 올리며 독고천의 멱살을 쥐어잡으려 했다.

팽량의 의복이 바람으로 펄럭이며 방 안에 엄청난 기운

이 휘몰아치기 시작했다.

휘이잉!

방 안에 있던 다른 고수들도 그제야 분위기를 눈치챘는지 당황한 얼굴로 그들을 바라보고 있었다.

그 순간, 굉음이 터졌다.

콰앙!

동시에 팽량의 몸이 뒤로 솟구쳐 바닥에 머리부터 꽂혔다.

쿵!

팽량의 몸은 기괴한 각도로 바닥에 박혀 몸을 부르르 떨리고 있었다.

그것은 엄청난 분노였다.

새파란 애송이를 제압하지 못한 자신에 대한 분노이기도 했고, 애송이가 감히 자신을 농락했다는 사실에 대한 분노이기도 했다.

"이노옴!"

팽량이 도까지 꺼내 들며 나서려 하자, 순간 남궁제가 길을 막아섰다.

"팽 대협, 그만하시오."

남궁제는 팽량보다 훨씬 윗 줄의 고수이자 자신의 형과 친우였다.

그렇기에 아무리 화가 났다 할지라도 감히 남궁제에게 화를 풀 순 없었다.

"나, 남궁 대협, 알겠소이다……."

팽량을 제지한 남궁제가 희미한 미소를 머금고 독고천에게 다가갔다.

독고천은 어느새 눈을 다시 감은 채 가부좌를 틀고 있었다.

남궁제의 눈이 빛났다.

'젊은 놈이 엄청난 내력을 지녔구나. 하지만 영약으로 내공 따위는 얼마든지 늘릴 수 있지. 그러나 초식마저 따라갈 수는 없는 법!'

생각이 거기까지 다다르자 남궁제의 손이 허공을 갈랐다.

지나가던 사람이 보면 하품이 나올 정도로 느린 움직임이었지만, 현묘한 움직임이 남궁제의 손을 휘감고 있었다.

웅웅웅!

괴이한 소리마저 남궁제의 손에서 흘러나오는 미풍이 독고천을 덮쳐 왔다.

그리고 남궁제의 손이 당장이라도 독고천의 얼굴을 뒤덮을 것 같을 무렵.

독고천의 검지가 남궁제의 손끝에 닿아 있었다.

그러나 놀랍게도 남궁제의 손은 더 이상 나아가지 못했다.

"윽!"

남궁제는 얼굴까지 시뻘겋게 변하며 힘을 주었지만 독

고천의 검지를 벗어나지 못했다.

이내 굉음이 터졌다.

퍼엉!

그와 동시에 남궁제의 몸이 뒤로 널브러졌다.

쿠당탕!

머리까지 흐트러져 추한 몰골의 남궁제가 신음을 흘리며 몸을 일으켰다.

"으으, 네 이놈!"

남궁제를 가로막는 자가 있었다.

그는 바로 왜소한 체격의 당용치였다.

왜소한 체격이었지만 그의 몸에서는 숨 막힐 듯한 기세가 뿜어져 나오고 있었다.

"흘흘, 어린놈이 꽤나 재주가 있구나."

당용치가 뒷짐을 진 채 독고천에게 걸어갔다.

그러나 그 기세는 마치 해일과도 같아 당장이라도 방이 무너져 내릴 것 같이 흔들리고 있었다.

흔들흔들!

그제야 가만히 있던 독고천이 눈을 번쩍 떴다.

그러자 당용치가 만족한 미소를 지었다.

"그래, 네놈이 결국 버티지 못하고……."

"이 새끼들이!"

독고천의 입에서 상소리가 터져 나옴과 동시에 당용치의 몸이 벽에 처박혔다.

"크헉!"

콰앙!

독고천이 온몸에서 붉은 마기가 넘실거리며 흘러나오기 시작하더니 이내 방 안을 뒤덮었다.

숨이 막혀 와 모두들 입만 겨우 뻥긋거리면서 방에서 나가기 위해 애쓰고 있었다.

그 모습을 지켜보던 독고천이 인상을 찌푸렸다.

"이 새끼들이. 가만히 있으려니까 계속 시비를 거네. 다들 뒈지고 싶어?"

아무도 독고천의 말에 답하지 못했다.

모두 목을 움켜쥔 채 피를 토하고 있었고, 숨이 막히는지 얼굴이 새파랗게 변하는 자들도 있을 정도였다.

"다들 뒈지고 싶냐고 물었다."

독고천이 재촉하듯 묻자 벽에 박혀 있던 당용치가 고개를 힘겹게 내저었다.

자신의 도로 힘겹게 몸을 지탱하던 팽량도, 바닥에 엎드려 있던 남궁제도 고개를 내저었다.

그제야 그들을 짓누르던 숨 막힐 듯한 마기가 감쪽같이 사라졌다.

이내 주위를 훑어보던 독고천이 싸늘히 말했다.

"또 건들면 진짜 죽는다."

그렇게 강호 명숙들의 지옥 생활이 시작되었다.

　　　　　*　　　*　　　*

팽량이 허겁지겁 어딘가로 달려가더니 이내 상을 하나 들고 왔다.

"저, 식사 맛있게 하시오."

독고천 앞에 상을 내려놓으며 팽량이 어색한 미소를 짓더니 구석에 앉았다.

그 뒤를 이어 남궁제도 물이 든 잔 하나를 들고 오더니 슬쩍 상에 올려놓았다.

당용치는 슬쩍 자신의 주머니에 있던 은 젓가락으로 접시마다 한 번씩 꽂아 보고는 씨익 웃었다.

"독이 없으니 맛있게 드시오."

그들은 구석에 차려진 상에서 밥을 꾸역꾸역 씹어 먹다시피 했다.

작은 소리라도 새어 나갈까 노심초사하는 그들의 모습을 누가 보았다면 웃음을 터트렸을 것이다.

그런데 그때 문이 벌컥 열렸다.

청의를 깔끔하게 차려입은 사내가 성큼성큼 방 안으로 들어섰다.

그리고 이내 누군가를 발견하고는 활짝 미소 지으며 다가갔다.

"숙부님."

청의사내가 정중히 고개를 숙이자 구석에서 식사를 끝

내고는 가부좌를 틀고 있던 남궁제가 슬쩍 눈을 떴다.

"오오, 그래. 준이가 왔구나."

남궁제가 반기며 벌떡 몸을 일으켰다.

남궁준이 남궁제 양옆에 앉아 있는 팽량과 당용치를 발견하고는 안색을 밝혔다.

"팽 선배님과 당 선배님 아니십니까?"

구석에 있던 팽량과 당용치가 남궁준을 보고 안색이 변했다.

그러나 곧 정색하며 담담히 말해 왔다.

"음, 그래. 남궁가의 아이구나."

"반갑구나."

팽량과 당용치의 짧고 굵은 답변이었지만 남궁준의 기분은 매우 좋아졌다.

자신과도 같은 무림말학이 보통 인사를 하면 대부분 무시하는 경우가 대부분이었다.

가뜩이나 팽량과 당용치는 각 세가의 기둥과도 같은 존재들!

그러한 존재들이 아는 척을 해 주니 남궁준은 하늘을 나는 듯했다.

그러던 중 남궁준은 저 멀리 앉아 있는 누군가를 발견하고는 눈을 빛냈다.

남궁준이 성큼성큼 걸어서 도착한 곳은 독고천이 식사를 끝내고 가부좌를 틀고 조용히 앉아 있던 곳이었다.

"안녕하신가? 남궁가의 남궁준이네. 선배님들을 모시느라 고생이 많군."

남궁준이 친절하게 웃으며 독고천의 어깨를 툭툭, 치려했다.

그런데 순간 어느새 다가온 남궁제가 남궁준의 손목을 낚아챘다.

남궁준이 놀라며 뒤를 바라보자 남궁제가 어색한 미소를 한껏 머금은 채 씨익 웃어 왔다.

"자네 식사는 했나? 식사나 하지."

"아, 식사는 하고 왔습니다. 숙부님."

남궁준이 가볍게 남궁제의 손을 뿌리치며 독고천을 다시 만지려 하자, 남궁제의 얼굴이 갑자기 변했다.

"어허, 잠시 따라오거라."

"왜 이러십니까, 숙부님?"

평상시 남궁제는 위엄은 있지만 식솔들에게 친절한 고수였다.

워낙 이상한 행동에 남궁준이 고개를 갸웃거리자 남궁제가 더욱 당황해하며 식은땀을 흘렸다.

남궁제가 슬쩍 독고천의 눈치를 보았지만 다행히 눈을 감고 있었다.

'다, 다행이다.'

남궁제가 급히 남궁준의 멱살을 부여잡듯 잡고 구석으로 질질 끌고 갔다.

구석으로 남궁준을 끌고 간 남궁제가 슬쩍 독고천을 한 번 흘기고는 목소리를 한껏 낮췄다.

"준아, 저자 앞에서 언행을 조심하거라."

남궁준이 고개를 갸웃거렸다.

척 보아도 이십대 중후반으로 보이는 사내였다. 특별히 기세도 뿜어져 나오지 않고, 오히려 학사와도 같은 분위기의 사내였다.

날카로운 인상과 옆에 기대어져 있는 검집만 아니었으면 보통 학사와 다를 바 없어 보였다.

"하지만 척 보기에도 아무런……."

"어허, 숙부 말을 무시하려 드느냐."

남궁제가 그렇게까지 말하자 남궁준은 마지못해 고개를 끄덕였다.

"예, 숙부님."

그러나 남궁준의 얼굴에 떠오른 의혹은 쉽게 사라지지 않았다.

第三章
강호명숙(江湖名宿)

이백이호는 특별히 할 일이 없었다.

이백이호와 이백일호는 명숙 중의 명숙들을 모아 놓은 방들이었다.

그렇기에 강호무림맹에서 함부로 그들을 전쟁터에 내보낼 수 없기에, 졸지에 아무 일 없이 먹고 자게 된 것이었다.

이백일호는 구파일방의 명숙들이 지내는 방이었는데 만약 그곳에 독고천을 넣었다면 대판 싸움이 일어날 것이었다.

물론 그 싸움은 일방적인 학살로 끝날 것이었다.

사천반은 그것을 예측하고 그다지 악연이 없는 오대세가의 일원들과 한방에 넣은 것이었다.

가부좌를 조용히 틀고 있는 독고천은 상념에 빠져 있었다.

　"칼은 구름이다."

　일주일 내내 침식도 거르고 구름만 쳐다본 적도 있었다.
　그러나 그때 외곽 마을에서 노인으로부터 답을 얻었다.
　그리고 그것을 실천할 때가 온 것이다.
　눈을 감고 있던 독고천이 눈을 번쩍 떴다.
　그리고 무작정 방을 나가 버렸다.
　독고천이 나가자 방 안에서 숨 막힌 듯 구석에 박혀 있던 명숙들이 한숨을 내쉬며 기지개를 켰다.
　'드디어 나갔구나.'
　기지개를 켜는 명숙들의 얼굴에는 작은 행복이 묻어 나오고 있었다.

*　　*　　*

　방을 나선 독고천은 떠오른 달을 멍하니 바라보았다.
　오늘따라 구름이 없어 밝고 둥그런 달이 땅을 환히 비쳐 주고 있었다.
　그런데 건너편에서 독고천을 주시하는 여인이 있었다.

새하얀 백의를 입고 있었는데 백설처럼 하얀 얼굴과 합쳐지며 독특한 분위기를 흘리고 있었다.

눈썹은 붓으로 그린 듯 절제가 있었고 코는 태산을 깎아내린 듯 오뚝했다.

입술은 살짝 자색 빛이어서 창백해 보이지만 나름 오묘했다.

독고천이 시선을 느끼고 바라보자 여인이 살짝 고개를 숙여 왔다.

알지 못할 현묘한 기운에 독고천도 저도 모르게 고개를 까닥거렸다.

그러자 여인이 살짝 미소를 머금더니 사근사근 다가오기 시작했다.

이상했다.

독고천의 몸이 나른해지기 시작했다.

분명 사술도 아니었고 어떠한 술법도 아니었다.

하지만 그녀가 다가올수록, 그녀의 미소가 가까워질수록 독고천의 몸이 움찔거렸다.

애송이처럼 얼굴이 빨개지거나 가슴이 두근거리진 않았지만 충분히 동요되었다.

극한의 수련으로 어떠한 상황에도 꿈적 안 했던 독고천으로서는 엄청난 반응이었다.

어느새 독고천의 지척에 다다른 여인이 걸음을 멈추었다.

자연스럽게 서 있는 모습이 마치 학과도 같이 우아했다.

"안녕하세요?"

여인의 입에서 옥처럼 구르는 맑은 목소리가 들려오자 독고천이 담담히 고개를 끄덕였다.

"안녕하오."

"강호의 안녕을 위하여 이곳에 와 주셔서 감사드려요."

여인의 말에 독고천이 고개를 갸웃거렸다.

"누가 들으면 강호무림맹주라도 되는 줄 알겠소."

"그에 준하죠. 맹주님의 딸이니까요."

여인이 빙긋 웃자 독고천의 가슴팍이 파르르 떨리는 듯했다.

"이름이?"

독고천의 물음에 여인이 이내 손을 가리며 웃기 시작했다.

한참을 웃던 여인이 손을 내리며 미소를 머금었다.

"사효연이에요."

독고천은 아무 말 없이 고개를 주억거릴 뿐 담담한 표정을 유지했다.

그러자 사효연의 눈이 살짝 빛났다.

"성함이 어떻게 되시죠?"

"독고천이오."

"독고 대협은 특이하네요."

"뭐가 말이오?"

"보통 높은 무공을 익히신 분들은 강대한 기운을 자랑하기 위해 기운을 흘리고 다니시거든요. 그런데 독고 대협은 달라요."

사효연의 말을 조용히 듣고 있던 독고천이 반문했다.

"내 경지가 보이오?"

사효연이 방긋 웃었다.

"저는 무공을 익히지 않았어요. 하지만 부모님께 하나의 선물을 받았죠. 선안(仙眼)이라는 것을요."

선안!

사람의 몸 상태를 뚫어 볼 수 있는 신선의 눈동자가 바로 선안이었다.

천 년에 한 번 나올까 말까 한 선안을 지닌 자가 바로 눈앞에 있었던 것이다.

무공의 내역은 물론이고 경지까지 볼 수 있는 것이 선안이었으며, 사람 몸에 숨어 있는 병의 정체들까지 알 수 있다고 전해져 왔다.

사효연이 말을 이었다.

"독고 대협의 무공 경지는 보이지 않아요. 그래서 대단한 분이라고 예측할 뿐이죠. 제가 여태까지 본 분들 중 무공 경지를 보지 못한 분은 독고 대협이 두 번째예요."

"첫 번째가 누구요?"

"파 대협이에요."

파 대협이라는 말에 독고천이 고개를 주억거리며 중얼 거리듯 말했다.

"검신이겠군."

"맞아요."

"그쪽, 젊어 보이는 듯하지만 꽤나 나이가 있는 편인가 보군."

사효연은 독고천의 말에 대꾸하지 않고 그저 웃을 뿐이 었다.

잠시 미소를 짓던 사효연이 나긋하게 말했다.

"숙녀의 나이를 알려고 하는 것은 실례예요."

오랜만에 느껴 보는 느낌에 독고천은 잠시 마음을 가다 듬지 못했다.

분명 이 감정은 알고 있는 것이었다.

그러나 다시는 찾지 못할 꺼라 생각했고, 느끼지 못할 거라 생각했다.

그런데 애송이처럼 겉모습만 보고 이러한 감정을 느낄 줄이야.

독고천은 잠시 사효연을 바라보다가 휙 고개를 돌려 산 쪽으로 시선을 돌렸다.

"왜 무공을 배우는 거죠?"

사효연의 질문에 독고천이 산 쪽을 바라보며 중얼거리 듯 말했다.

"무공을 배우는 것이 아니오. 단지 극의를 보기 위해

하는 것일 뿐."

"극의와 무공을 배우는 것은 결국 같아요."

"다르오."

"아뇨, 똑같아요."

독고천이 사효연에게 고개를 돌렸다.

사효연의 눈동자에 빨려 들어갈 듯 독고천의 몸이 작게 흔들렸다.

독고천이 힘겹게 입을 열었다.

"나는 마인이 되기 위해 하루하루 달려갈 뿐이오. 다른 것은 생각지 않소."

"당신은 거짓말을 하고 있네요. 당신에게서 보이는 것은 너무나 많아요. 그리움, 고독, 슬픔, 외로움. 하지만 그중 가장 독보적인 것은 고독이에요. 즉, 당신은 고독해요."

독고천은 입을 굳게 다물었다.

"마인이라는 정의는 부족해요. 당신은 이미 마인이에요. 하지만 마인이 아니죠. 당신은 천하제일고수지만 천하제일고수가 아니에요. 무슨 의미인지 아나요?"

독고천이 고개를 내저었다.

"그건 당신이 잃은 것이 너무나 많기 때문이에요. 많은 남자들은 한 가지만 보고 살죠. 그리고 그것 때문에 정작 중요한 것을 놓쳐요."

"그게 뭐지?"

사효연이 빙긋 웃었다.

"사랑."

사랑이라는 말에 독고천이 피식 웃고 말았다.

"결국 그렇게 거창하게 말하는 것이 사랑 놀음일 뿐인가."

"놀음이 아니에요. 사랑은 가장 중요한 것. 그대처럼 고독으로 가득한 사람에게는 극의를 깨닫기 위해서 사랑을 놓쳐선 안 되요."

"설득력이 없군."

독고천이 단호히 고개를 내젓자 사효연이 안타까운 목소리로 말을 이었다.

"알게 될 거예요. 빠르면 오늘. 늦으면 죽을 때까지 모르겠죠. 하지만 그대는 알 거에요. 조만간."

그 말을 끝으로 사효연이 휙 고개를 돌리며 달을 바라보았다.

독고천도 이내 산 쪽으로 시선을 다시 돌렸지만 눈앞에 사효연이 아른거렸다.

'더 이상은……'

사효연은 다시 독고천을 지그시 바라보다 발걸음을 돌렸다.

다시 어둠 아래 혼자가 되자 독고천은 알지 못할 아쉬움을 느꼈다.

잠시 아쉬움을 달래며 입맛을 다시던 독고천은 방 안으

로 들어가려 했다.

그러다 문득 떠오른 생각에 사효연이 없어진 곳으로 급히 뛰어가다시피 했다.

사효연은 독고천을 기다리기라도 했던 듯 멈춰 서 있었다.

달빛 아래 아름다운 사효연의 얼굴이 빛났다.

꿀꺽.

"……이봐."

사효연이 말해 보라는 듯 고개를 끄덕였다.

만약 사효연이 말을 꺼냈다면 독고천은 그냥 가 버렸을지도 몰랐다.

그냥 느낌이 그랬다.

"언제 또 만날 수 있을까?"

독고천이 조심스럽게 묻자 사효연이 빙긋 웃었다.

"십 년이든 이십 년이든. 기다릴게요. 매년 오늘과 같은 날. 이곳에서."

사효연의 말에 독고천이 입술을 살짝 깨물었다.

잠시 머뭇거리며 사효연을 바라보던 독고천이 이내 몸을 휙 돌리며 방으로 발걸음을 옮겼다.

독고천이 방 안에 들어서자 모든 이들의 표정과 행동이 굳었다.

다른 이가 봤더라면 경악할 만한 모습이었다.

강호의 난다 긴다 하던 명숙들이 눈치를 보며 숨는 꼴

이란 매우 우스웠다.

팽량이 엉거주춤 다가왔다.

본래 다혈질이긴 했지만 독고천의 절대적인 무위를 보고 나서는 살짝 경외심까지 드는 팽량이었다.

그렇기에 나름 친해져 보고자 하는, 그런 행동이었다.

"흠, 왔는가."

독고천은 인사해 오는 팽량을 본 척도 하지 않고 구석에 앉아 버렸다.

앉자마자 눈을 감고는 가부좌를 트는 것이었다.

민망해진 팽량이 헛기침을 하며 뒤로 물러섰다.

그 모습을 바라보던 남궁준의 이마가 꿈틀거렸다.

'아니, 저놈이! 어떤 사문의 어떤 놈인지는 모르지만, 해도 해도 너무하는 것이 아닌가!'

남궁준이 슬쩍 양옆을 훑었다.

다행히 숙부인 남궁제는 아까 수련을 하러 간다고 뒷산으로 향했고 당용치와 팽량만이 있을 뿐이었다.

아무리 남궁제의 말이지만 감히 하늘같은 선배들을 무시하는데 가만히 있을 순 없었다.

"흠."

남궁준이 벌떡 일어서더니 독고천에게 거침없이 다가갔다.

잠시 딴생각을 하던 팽량의 눈은 경악으로 물들었고 조용히 서적을 읽고 있던 당용치도 멍하니 입을 벌린 채 남궁준을 바라볼 수밖에 없었다.

말리고 싶은데 사문의 어른도 아니고 괜히 설레발치고 싶진 않았다.

아니, 저놈이 사고치는 것을 말리다 괜히 휘말리고 싶지 않았다.

'아, 말려야 하는데.'

'말리다가 시비라도 걸리는 판엔……'

모두들 한숨을 내쉬며 남궁준의 명복을 빌어 줄 수밖에 없었다.

독고천 앞에 떡하니 선 남궁준이 눈을 부릅뜨고는 독고천을 내려다보았다.

"이보게, 후배."

남궁준이 딱딱하게 말하자 독고천이 눈썹을 꿈틀거렸다.

귀찮다는 표시였지만 남궁준은 개의치 않았다.

아무리 지가 날고 기는 사문의 직계든 뭐든 자신들은 이래 뵈도 크나큰 선배가 아니던가.

거기다 각자 명성이 높을지 언데 듣도 보도 못한 후배가 감히 자신들을 무시하게 둘 순 없었다.

"어허, 이 버르장머리 없는 놈을 보게?"

남궁준이 인상까지 찌푸리며 호통을 치자 독고천이 그제야 눈을 떴다.

독고천이 눈을 뜨자 뒤에서 그것을 지켜보던 팽량과 당

용치가 움찔거렸다.

'말려야 하는 거 아닙니까?'

'그건 그런데…….'

각자 서로 눈을 마주쳤지만 별다른 소득을 얻지 못한 채 독고천 눈치를 살살 볼 뿐이었다.

"나는 남궁가의 남궁준이라 한다. 세인들은 날 쾌섬광검(快閃光劍)이라 부르지."

쾌섬광검 남궁준!

검을 뽑는 순간 특유의 빛으로 적을 휘감아 버리는 분광검법의 고수였다.

남궁세가는 본래 뛰어난 검객들이 많아 고절한 검법을 펼쳤기에, 그 많은 고수들로 인해 평가절하된 고수 중 하나였다.

그러나 독고천은 아무 말 없이 남궁준을 올려다보았다.

남궁준의 이마의 핏줄이 솟았다.

"네 이놈! 감히 선배가 이름을 밝혔거늘. 후배라는 놈이 한마디 말조차 안 한단……. 컥!"

순간, 어느새 일어났는지 모를 독고천이 벌떡 일어난 채 남궁준의 멱살을 잡고 있었다.

남궁준은 숨이 막히는지 컥컥 거리며 독고천의 손을 떼어 내려 하고 있었다.

독고천이 담담한 표정으로 남궁준을 바라보았다.

그러나 남궁준에게는 저승사자의 눈빛과도 같이 차갑고

날카롭게 느껴졌다.

"내 이름은 독고천. 세인들은 나를 검마(劍魔)라고 부르지. 되었나?"

검마라는 말에 팽량과 당용치의 어깨가 들썩였다.

천마신교의 태상 교주!

마인들을 대표하는 악마 중의 악마!

그가 바로 눈앞에 서 있는 평범해 보이는 사내였던 것이다.

남궁준의 눈은 더 이상 커질 수 없을 만큼 커진 상태였다.

'또, 똥 밟았다……'

남궁준은 밀려오는 공포로 몸이 떨려 왔다.

검마의 악명을 들어오며 자란 그로서는 눈앞의 사내가 그 악마라는 것이 믿기지 않았다.

그러나 만약 이 사내가 그 악마라면 자신의 목숨은 오늘로 종지부를 찍을 것이었다.

"네 이놈! 너 계속 그렇게 음식을 가리면 검마가 이놈하고 잡아간다!"

"으에엥!"

항상 자신이 무언가를 투정할 때마다 부모님은 검마를 들먹이며 겁을 주었다.

그때부터 박혀 온 공포가 실제로 나타나자 남궁준은 결국 제정신이 아니었다.

부들부들 몸을 떨던 남궁준의 바지가 젖기 시작하더니 이내 노란 물이 떨어져 내렸다.

뚝. 뚝.

독고천은 손을 놓으며 남궁준을 살짝 밀쳤다.

남궁준은 뒤로 널브러짐과 동시에 이까지 부딪치며 벌벌 떨고 있었다.

드륵!

순간, 방문이 열리며 남궁제가 들어왔다.

들어오던 남궁제가 엎어져 있던 남궁준과 독고천을 발견하고는 분노로 몸을 떨기 시작했다.

"네 이놈! 아무리 네가 강하기로소 감히 나의 조카를……!"

남궁제가 검병을 손에 쥐고 출수하려던 차 어느새 나타났는지 모를 당용치가 남궁제의 혈도를 팍, 짚었다.

"컥."

남궁제가 힘없이 앞으로 고꾸라지자 당용치는 가볍게 남궁제를 낚아채고는 독고천을 향해 실실 미소를 지었다.

"아, 하던 일 하시게나."

당용치가 널브러져 있는 남궁준과 남궁제를 들쳐 메고는 구석으로 질질 끌고 갔다.

독고천은 슬쩍 당용치를 흘겨보고는 다시 가부좌를 튼

후 눈을 감았다.

그 후 이백이호에서 감히 독고천을 방해하려는 간덩이
부은 자는 없었다.

*   *   *

전쟁은 소강상태로 넘어갔다.

처음에 밀리던 강호무림맹의 고수들도 점차 요령이 생
기며 강시들을 부쉈다.

비록 많은 고수들이 다치거나 사망했지만, 그들은 희망
을 잃지 않았다.

그리고 그 희망은 강시를 무너뜨리기 시작했고, 점차
강시들에게 지배당했던 곳들도 되찾기 시작했다.

심지어 몇몇 정예부대들은 진주언가로 직접 쳐들어가
많은 피해를 줄 정도였다.

그렇게 진주언가와의 전쟁은 서서히 절정 상태로 넘어
가는 듯 보였다.

그러나 단 한 명으로 전세가 다시 뒤바뀌기 시작했다.

그는 바로 무적제 마동진이었다.

*   *   *

"모두들 처리했나?"

"옛!"

백의사내들이 힘차게 외치며 이곳저곳에 불을 붙이기 시작했다.

화르르!

불꽃이 타오르며 시체들이 타오르자 노린내가 나기 시작했다.

백의사내들은 익숙하게 불타오르는 시체 위에 시체들을 연신 내던졌다.

"휘유, 냄새 한 번 고약하군."

백의사내, 진청유(眞靑柳)가 한숨을 내쉬며 고개를 내저었다.

진청유는 팔다리가 잘린 채 바동거리고 있는 강시의 심장 아래 부근을 손가락으로 꿰뚫었다.

파직!

날카로운 소리와 함께 빠져나온 진청유의 손가락에는 부서진 구슬의 잔해가 있었다.

진청유가 구슬 조각을 털어 내며 주위를 훑었다.

아수라장.

다행히 많은 피해는 없었지만 자신의 수하 중 벌써 이십여 명이 목숨을 잃었다.

이제 강시라면 치가 떨릴 정도였다.

팔을 잘라도, 다리를 잘라도, 머리를 잘라도……

그들은 죽지 않았다.

한 명이라도 더 죽이기 위해 꿈틀거리는 그들은 괴물, 그 자체였다.

가끔 자신의 동료들이 강시가 된 채 나타날 경우도 있었다.

그들의 목을 베는 수하들의 눈에서는 피눈물이 흘러내렸다.

그런데 그때였다.

콰앙!

굉음과 함께 수하들이 피를 토하며 널브러졌다.

진청유가 놀라며 그쪽으로 몸을 날렸다.

그곳에는 마치 누군가 폭탄이라도 쓴 듯 움푹 패여 있었는데, 그곳에는 수하들의 몸이 터져서 잔해가 널브러져 있었다.

진청유가 인상을 찌푸리며 한쪽을 노려보았다.

그곳에는 회의를 입은 사내가 멀뚱히 서 있었다. 워낙 표정이 순수해 보여 만약 사내의 손에 검이 들려 있지 않았다면 지나가던 평범한 청년인 줄 알았을 것이다.

"누구냐!"

진청유가 검을 뽑아 들며 싸늘하게 말하자 회의사내가 씨익 웃었다.

너무나도 맑고 순수한 웃음이라 진청유는 저도 모르게 따라 웃을 뻔했다.

"안녕."

"누구냐고 물었다!"

진청유가 날카롭게 외치자 회의사내가 인상을 찌푸렸다.

"넌 누군데?"

"진청유다."

진청유라는 말에 회의사내가 고개를 주억거렸다.

"강호무림맹 맹호단주 진청유. 맞지?"

진청유는 내심 놀랐으나 흐트러진 모습을 보이지 않기 위해 입을 다물었다.

회의사내는 피식 웃으며 검을 툭 흔들었다.

검에 흐르던 핏물이 땅에 튀어 스며들었다.

"꽤나 잘들 버티더라고. 그런데 이번엔 좀 다를 거야. 큰 걸 준비했거든."

회의사내의 말을 조용히 듣고 있던 진청유의 눈이 흔들렸다.

"설마……?"

"그래, 나 마동진이야."

그와 동시에 엄청난 검광이 진청유의 몸을 덮쳤다.

*   *   *

단상에 서 있던 사천반이 굳건한 표정을 지은 채 양옆을 훑었다.

단상 아래에는 많은 수의 고수들이 병장기를 차고 사천반을 우러러 보고 있었다.

다들 하나같이 정심한 눈빛을 빛내는 것을 보아 깊은 수련을 거친 자들인 듯싶었다.

"다들 강호를 지킬 준비가 되었소?"

사천반의 말이 중후하게 울려 퍼지자 사내들이 모두 우렁차게 함성을 내질렀다.

"옛!"

"모두들 강호를 지키고 의협을 뽐낼 준비가 되었소?"

"옛!"

사천반이 만족한 듯 고개를 끄덕였다.

그러나 사천반 뒤에 서 있는 장로들의 표정은 그다지 밝지 않았다.

본래 장로들이 직접 이들을 지휘하고 맹주는 안전이라는 명목하에 맹 안에 머물게 할 예정이었다.

그리고 맹주가 맹 안에 갇혀 있는 동안 많은 것들을 조작해서 보고할 셈이었다.

그러나 맹주가 직접 지휘를 하겠다고 나선 것이다.

당연히 장로들의 표정은 벌레 씹은 것마냥 안 좋을 수밖에 없었다.

총 천여 명이 넘는 무사들이 있었는데 이를 네 개의 조로 나누었다.

첫 번째 조는 맹주가 직접 지휘하고 나머지 세 개는 조장들에게 지휘권을 나누어 주었다.

그중 마인들을 맡은 것은 당연히 독고천이었다.

"독고 대협, 잘 부탁드리오."

사천반이 정중히 고개를 숙이며 말하자 독고천도 고개를 까닥였다.

"잘해 보도록 하지."

*   *   *

조는 네 개로 나뉘어져 있었지만 실질적으로 가는 곳은 동일했다.

단지 기습을 방지하기 위해 각자 미묘하게 다른 길로 갈 뿐이었다.

세 개의 조는 아무래도 손을 맞춰 본 적이 없었기에 조장의 말도 잘 듣지 않고 가끔 뜻이 통하지 않아 애먹는 경우가 많았다.

그러나 마지막 조는 달랐다.

천마신교의 마인들과 그들의 지존인 태상 교주!

그들은 태상 교주를 눈앞에서 보는 것만으로 영광이라 생각했고, 그런 그에게 불복종한다면 당장 죽어도 된다고 생각하는 자들이었다.

그러니 문제가 생길 수가 없었다.

그것을 본 사천반의 눈은 번쩍이며 빛났다.

비록 사파니 뭐니 하면서 평가절하당하고 있지만 천마신교만큼 대단한 문파는 전무하다시피 했다.

엄청 강대한 세력을 자랑하면서도 절대적인 권위를 보여 주는 상위층들.

힘이라는 단순하면서도 무식한 것으로 충성을 다하는 자들.

그 미묘한 관계가 사천반으로서는 매우 신기했다.

예전에야 무조건 사마로 몰아붙여 없애려 했지만 지금은 객관적으로 그들을 볼 수 있었다.

어찌 보면 천마신교 자체가 강호와도 같았다.

강호는 힘을 숭상하고 의협을 존중하는 곳.

이러니 저러니 해도 결국 고수를 존경하는 곳이 바로 강호였다.

지금은 세상이 많이 바뀌어 세력으로 모든 것을 평가하지만 몇 십 년 전만 해도 강호는 낭만으로 가득 찬 곳이었다.

비록 소수라 할지라도 그들이 옳다면 모두가 편을 들어주고, 주어진 힘을 올바르게 쓴다면 모두가 그를 인정하는 곳이 바로 강호였다.

그러나 어느 순간부터 이익을 중요시했고 자신에게 피해가 갈 것 같으면 기피했다.

의와 협은 죽은 지 오래였다.

그러니 이번 전쟁을 통해 죽은 의와 협을 되살리고 천

마신교에서의 장점을 본받아, 새로 강호무림맹을 개편할 목적으로 사천반은 이곳저곳을 뛰어다니는 것이었다.

천마신교를 보면서 느낀 것이 있었다.

단순히 힘만 세다고 해서 마인들의 충성심을 받을 수 없었다.

사천반은 그것을 깨달았을 때 놀랄 수밖에 없었다.

그럼 도대체 힘 말고 무엇을 보고 충성을 다한단 말인가.

그리 단순하게 생각했던 천마신교의 교리가 알고 보니 복잡했다.

멀리서나마 독고천을 보면서 사천반은 한 가지 사실을 깨달을 수 있었다.

독고천은 단순히 강요하지 않았다.

무언가를 할 경우 직접 나서서 본보기를 보여 주고 나머지 고수들에게 처리를 요구했다.

솔선수범을 했던 것이다.

그리고 그 솔선수범하는 자가 절대고수이니 그 누가 따르지 아니 할까.

간과하기 쉬운 점을 독고천은 정확히 알고 있었던 것이다.

그러던 어느 날 강시 무리가 덮쳐 온 적이 있었다.

그때 마침 독고천이 이끄는 조가 가장 앞장을 서고 있어서 가장 먼저 강시들과 조우할 수밖에 없었다.

약 사백여 명에 가까운 강시 무리였는데 사천반은 그다지 걱정하지 않았다.

천마신교의 강함은 거짓이 아니었기에.

하지만 독고천이 과연 어찌 이 난관을 헤쳐 나갈지가 궁금했기에 사천반의 눈동자는 번뜩였다.

만약 자신이라면 강시들을 중앙에 몰아넣고 암기나 활을 쓰는 고수들을 이용해 사지를 먼저 부숴 놓을 것이었다.

'흠, 독고 대협의 솜씨 좀 볼까.'

강시를 발견한 독고천이 슬쩍 손을 들었다.

그와 동시에 마인들의 발걸음이 멎었다.

스릉!

독고천의 검집에서 서늘한 검이 빠져나오더니 갑자기 독고천이 앞으로 천천히 걸어가기 시작했다.

사천반은 당황했다.

'……뭐지?'

독고천이 걸어가자 강시 무리들은 겁 없이 몸을 날렸고 독고천은 하나둘씩 천천히 강시들을 베기 시작했다.

아무리 강시라 할지라도 몸이 두 동강 나면 쉽사리 움직이지 못했다.

스윽!

작은 소음에 한 마리의 강시가 무너졌다.

그렇게 일각 정도 흘렀을까.

사백여 명에 다다르던 강시는 모두 반 토막이 난 채 신음을 흘리며 바닥을 기고 있었다.

그제야 독고천의 검이 검집으로 들어갔다.

철컥!

"마무리해라."

독고천이 슬쩍 손짓하자 마인들의 신형이 솟구치더니 강시들을 불 지르기 시작했다.

화르르!

화염이 불타오르며 숲 속을 뒤덮어 갔다.

사천반은 벌려진 입을 쉽사리 다물지 못했다.

보통, 고수가 되고 높은 자리에 서서히 올라가다 보면 직접적으로 일을 처리하지 않았다.

그런데 독고천은 달랐다.

손수 모든 일을 처리해 버린 것이었다.

천마신교의 태상 교주나 되는 자가 직접 모든 것을 해결해 버린 것이다.

'괜히 태상 교주가 아니군.'

사천반은 저도 모르게 고개를 끄덕일 수밖에 없었다.

놀라운 지휘력이었다.

모두들 알고는 있지만 실천은 하지 못하는 것이었다.

그렇게 무난히 일원들은 호북 지역을 벗어날 수 있었다.

호북에는 많은 무사들이 강시들과 사투를 벌이고 있었

는데 하나같이 명문정파의 일원들이었다.

그들은 마을의 주민들을 지키고 관을 도와주고 있었다.

관부는 강호에 신경을 쓸 수가 없었다.

아니, 신경을 쓰고 싶다 하더라도 갑작스럽게 일어난 반란 때문에 강호의 일은 강호무림맹을 비롯한 정파들에게 맡겨 버리고 말았다.

많은 백성들은 관부의 그러한 선택에 한탄을 했지만 어쩔 수 없었다.

결국 백성들의 생명은 강호인들에게 걸려 있었다.

그렇다 보니 강호인들을 보는 백성들의 시선은 애처롭기만 했다.

원래 강호인들은 어찌 보면 파락호와 다를 바 없었다.

하지만 그들에게는 규율이 있었고 약자는 건드리지 않았다.

그렇기에 강호인들은 강호라는 울타리에서 그들만의 세상을 구축한 것이었다.

*　　*　　*

사건은 이상한 곳에서 터졌다.

보통 조들끼리 각자 작전을 펼치다 보니 서로의 정체를 모르는 경우가 많았다.

그리고 그것이 결국 문제를 낳고 말았다.

일조의 조장은 사천반이었고 이조의 조장은 독고천이었으며 삼조의 조장은 이창종(李昌宗)이었다.

이창종은 십 년 전에 갑자기 등장한 절정고수로, 정사 어디에도 속하지 않은 고수였다.

그러나 뛰어난 무공에 비해 성격은 개차반이라서 많은 고수들이 꺼려했다.

이번에는 이창종이 직접 사천반에게 부탁을 하지 않았더라면 조장을 맡기지 않았을 것이었다.

"이번 기회를 통해 강호의 동도들에게 나의 의협심을 알리고 싶소!"

이창종도 자신의 안 좋은 인상을 탈피하고자 직접 선두에 나선 것이었다.

사건의 발단은 이창종이 독고천을 만나면서부터 시작되었다.

"안녕하시오. 나는 삼조의 조장, 이창종이오."

이창종이 소문답지 않은 밝은 인상으로 다가왔다.

그러나 독고천은 무도 외에 다른 것에는 관심을 두지 않는 인물!

당연히 이창종이 누구인지 알 리 없었다.

이창종을 슬쩍 힐끗거린 독고천은 눈을 다시 감고는 가부좌를 틀었다.

평상시의 이창종이었다면 당장 칼부림을 했을 터이지만 상대는 이조의 조장.

정체는 몰랐지만 마인들을 이끄는 것을 보아 천마신교의 고위층인 듯했다.

젊은 겉모습을 보니 장로 급은 아닌 것 같고 아무리 높게 잡아도 대주급인 듯싶었다.

"이보시오. 차갑게 굴지 마시고 같은 조장끼리 얘기나 나눕시다. 그 일조 조장 분은 워낙 높으신 분이라 말 걸긴 좀 그렇고 그쪽하고는 나이도 그렇고, 말도 잘 통할 것 같은데……."

이창종이 너털웃음을 지으며 슬쩍 독고천 앞에 앉았다.

독고천이 눈을 슬쩍 뜨더니 중얼거리듯 말했다. 그러나 마치 그것은 들으라는 듯 이창종의 귓가에 꽂혔다.

"요즘 놈들은 얼굴도 두껍군."

이창종의 낯빛이 바뀌었다.

"허허, 요즘 놈들이라 하시면 어쩌자는 것이오. 귀하도 내 나이 또래이고 잘 봐 줘야 대주 급인 것 같은데 말이지."

이창종의 말투가 차가워졌다.

독고천이 피식 웃었다.

"검을 쓰나?"

"그렇다."

"별호가 뭐지?"

"섬전검(閃電劍)."

독고천이 혀를 찼다.

"그런 거창한 별호를 지니고 있으면서 내 실력을 모르나?"

독고천의 말에 이창종이 유심히 독고천을 위아래로 훑었다.

그러나 특별한 점을 찾지 못했다.

"모르겠는데?"

"검을 허투루 잡았군. 오늘은 봐줄 테니 나중에 찾아오도록."

독고천의 거만한 말투에 이창종의 이마가 꿈틀거렸다.

"네놈이 얼마나 잘났기에 이렇게 오만방자한지 모르겠군. 후회하게 해 주마."

이창종이 벌떡 일어나서 이를 갈더니 막사 밖으로 나가 버렸다.

이창종의 성격을 아는 사람이었다면 모두 혀를 내두를 정도로 많이 봐준 것이었다.

그러나 막사를 나가는 이창종의 얼굴에는 악귀와도 같은 표정이 떠올라 있었다.

* * *

그날은 이조가 대신 정찰을 나가고 삼조가 이조의 막사

를 쳐 주는 날이었다.

이조가 정찰을 나가고 이창종이 막사 치는 것을 직접 지휘하고 있었다.

"이봐."

막사를 치던 무사들이 슬쩍 뒤를 바라보자 이창종이 고개를 내저었다.

"나무막대는 박지 말게."

"예? 그러면 막사가 무너질 텐데요."

"아니, 나무막대 대신에 끈을 이용해서 지탱하도록 하게. 나무막대는 맹주께서 쓰실 곳이 있다고 하셨으니 말이야."

"옛!"

무사들이 박던 나무막대를 모두 뽑은 후 하던 일을 했다.

이창종은 낮은 웃음을 터트렸다.

'감히 날 무시해?'

                    *   *   *

정찰을 다녀온 이조는 고된 몸을 이끌고 각자 막사에 들어갔다.

모두들 대충 몸을 씻고 슬슬 잠을 청하려는데 갑자기 막사가 무너져 내렸다.

우당탕탕!

모두들 고수들이라 다친 사람은 없었지만, 어둠 속에서 막사를 다시 쳐야 하는 것은 꽤나 막막한 일이었다.

"이게 도대체 뭔 일이야."

"막사가 무너지다니. 삼조 놈들이 혹시?"

"에이, 쓸데없는 의심을 하지 말자고."

마인들이 투덜거리며 막사를 다시 재정비하고 있을 무렵.

삼조 조장의 막사에 누군가 찾아왔다.

"누구시오?"

인기척을 느낀 이창종이 외치듯 묻자 갑자기 막사가 걷혀졌다.

막사가 걷혀지며 독고천이 모습을 드러냈다.

독고천의 얼굴을 판단한 이창종이 활짝 미소를 지으며 벌떡 일어섰다.

"오, 이조 조장. 무슨 일이……."

콰직!

말을 꺼내던 이창종의 코가 뭉개졌다.

"크헉!"

이창종이 뒤로 널브러지자마자 독고천이 곧바로 발로 이창종의 갈비뼈를 짓밟았다.

와지끈.

갈비가 부러지는 소리와 함께 이창종이 비명을 내질렀다.

그러나 독고천이 곧바로 이창종의 아혈을 짚고는 무작정 구타하기 시작했다.

엄청난 고통에 연신 꿈틀거리며 비명을 내지르던 이창종은 이내 정신을 잃었다.

독고천은 손을 탁탁 털고는 막사 밖으로 나가 버렸다.

홀로 남겨져 있던 이창종을 발견한 사람은 부조장이었다. 그는 장장 한 시진 후에야 발견할 수 있었다.

다행히 목숨에는 지장이 없었지만 최소 삼 주간은 요양해야 할 정도로 심한 부상이었다.

사천반이 찾아와 범인의 정체를 물어봤으나 이창종은 입도 뻥긋하지 않고 그저 집으로 돌아가겠다는 말만 반복했다.

사천반이 꾸준히 찾아간 탓에 집에 간다는 말은 막을 수 있었지만 이창종의 얼굴은 예전과 확연히 달라져 있었다.

어딘가 매우 어두웠다.

사천반은 본능적으로 독고천이 범인이라는 것을 눈치챘다.

이창종이라는 절정고수를 이 정도로 짓밟을 사람은 그자뿐이었다.

사천반이 탄식을 흘렸다.

'역시 마교는 마교인 것인가.'

이창종 사건으로 인해 정파의 무리들은 역시 마교라는 생각이 지배적이었다.

그들은 마교 무리들이 꼴 보기도 싫은지 대놓고 멸시하는 눈빛으로 바라보기도 했다.

그리고 그것은 지휘력 저하로 떨어졌다.

일조와 이조가 함께 움직여야 할 작전에서 일조가 이조를 전혀 도울 생각을 하지 않는 것이다.

사천반은 아직까지 그 심각함을 전혀 깨닫지 못하고 있었다.

*　　*　　*

"독고 대협은 삼조와 함께 일양산 부근을 수색해 주셨으면 하오."

사천반의 정중한 부탁에 독고천은 가볍게 고개를 끄덕인 후 이조에서 열여 명 정도를 뽑아 삼조에게 갔다.

삼조의 조장은 부상에서 회복한 이창종이 그대로 맡고 있었다.

"오셨습니까?"

이창종이 환한 미소를 지어 오며 반겼다.

주위의 사람들도 모두 독고천 눈치를 살피는 듯 조심스러웠다.

"사 맹주가 귀하의 조장들과 일양산을 수색하라더군."

이창종이 팅팅 부은 눈을 껌벅이며 무작정 고개를 끄덕였다.

"암요, 가야죠."

이창종은 급히 막사로 돌아가 가볍게 짐을 꾸리고는 열여 명을 뽑은 후 독고천 앞에 섰다.

"앞장서시죠."

독고천은 웃는 이창종의 얼굴에서 이상한 기운을 느꼈지만 크게 신경 쓰지 않았다.

일양산은 매우 험한 산이었는데 숲이 적고 거친 암석들이 즐비했다.

"사 맹주께서는 이곳으로부터 수색을 시작하라고 하셨습니다."

이창종이 가리킨 곳은 두 갈래 길이 나 있는 곳이었는데 두 개의 조로 나누어야 효율적일 듯싶었다.

"그럼 각자 조로 나누도록 하지."

독고천의 말을 기다렸다는 듯 이창종이 흔쾌히 고개를 끄덕였다.

이창종이 자신들의 조원들을 데리고 오른쪽 길로 발걸음을 옮기자 독고천도 마인들을 데리고 왼쪽으로 향했다.

산길은 길고 험했다.

계획은 이박 삼일간의 수색이기 때문에 우선 휴식을 취할 곳을 찾아야 했다.

독고천이 몇몇 마인들에게 손짓하자 마인들은 고개를 정중히 숙이고는 어두운 숲 속으로 모습을 감췄다.

한 시진이 흐르고 두 시진이 흘렀지만 그들은 돌아올

생각을 안 했다.

"너희 둘, 찾아와라."

"존명!"

그러나 그들도 돌아오지 않았다.

본능적으로 무언가 이상하게 돌아가고 있다는 것을 눈치챈 독고천이 한숨을 쉬며 천천히 몸을 일으켰다.

"이창종, 그놈이겠군."

독고천은 천천히 숲 속으로 발걸음을 옮겼다.

얼마나 걸었을까.

수풀 속에서 부스럭거리는 소리가 들려오더니 이내 청의사내들이 모습을 드러냈다.

이창종과 그의 조원들이었다.

"흐흐, 잘 왔다."

第四章
타도마교(打倒魔教)

이창종이 서늘한 미소를 지으며 독고천을 노려보았다.

독고천이 한숨을 쉬었다.

"정말 멍청해서 좋겠군."

"이놈! 오늘 내가 너의 버릇을 고쳐 주마. 고위급 마교 놈이어도 숫자 앞에 장사 없다 하였다!"

그와 동시에 이창종이 손을 휘젓자 조원들이 독고천에게 달려들었다.

파앗!

당장에라도 조원들의 공격이 독고천에게 먹힐 것만 같았다.

그러나 순간 독고천의 신형이 흐릿해졌다.

"헙!"

달려들었던 조원들이 당황하며 독고천을 찾았다.

어느새 독고천은 이창종 앞에 서 있었는데 이창종의 얼굴이 순식간에 창백해졌다.

"이, 이게 도대체?"

"내가 누군지는 아냐?"

독고천이 이창종을 바라보며 비릿한 미소를 지었다.

이창종은 입조차 뻥긋하지 못했다.

그저 몸을 부들부들 떨며 공포 가득한 얼굴로 독고천을 바라볼 뿐이었다.

조원들도 마찬가지였다.

곧바로 몸을 날리려던 조원들은 이상한 기운이 자신들의 온몸을 옭아매는 것을 느꼈다.

그것은 붉은 마기였다.

"다시는 시비 걸지 못하도록 해 주마."

씨익.

독고천이 미소를 짓자 이창종은 그대로 정신을 잃었다.

*　　　*　　　*

수색이 끝나고 독고천과 이창종이 막사에 돌아왔을 때 사천반은 경악할 수밖에 없었다.

이창종은 조원 등에 업혀서 내려오고 있었다.

그의 얼굴은 형체도 알아볼 수 없을 만큼 일그러져 있

었고 온몸이 부러졌는지 덜렁거렸다.

꿀꺽.

사천반을 발견한 독고천이 씨익 웃었다.

"미안하게 되었네. 하도 저 녀석이 까부는 바람에."

그 말을 끝으로 독고천은 마인들과 막사 안으로 들어가 버렸다.

사천반은 떨어지지 않는 발걸음을 힘겹게 옮기며 이창종을 자세히 살폈다.

설레설레.

사천반이 침음을 삼켰다.

재생이 불가능했다.

심혈이 끊겼고 뼈마디 마디가 아예 박살이 났다.

화타가 나타난다 해도 무공은 더 이상 익히지 못할 것이었다.

이 소문은 막사를 중심으로 모든 조원들에게 퍼져 나갔다.

몇몇 고수들은 사천반을 직접 찾아와 마교 놈들을 내쫓아야 한다고 고래고래 소리칠 정도였다.

그때마다 사천반은 묵묵히 조용히 있었을 뿐이었고 고수들의 불만은 활화산과도 같이 부글부글 끓었다.

그다음 날이었다.

아침에 일어난 사천반은 아연실색할 수밖에 없었다.

모두들 이마에 두건을 매고 있었는데 두건에 다음과 같이 적혀 있었다.

타도마교(打倒魔敎)!

그들의 눈빛은 진지했다.

"맹주님."

사천반 앞으로 중년인 한 명이 다가오더니 정중히 포권했다.

"강호 동도들은 참을 만큼 참았다고 생각하오. 더 이상 마교 놈의 행패를 구경할 수 없소이다. 마교 놈들이 떠나지 않을 시에는 우리들이 떠나겠소."

"흠."

사천반이 답답한 듯 가슴을 매만지며 그들을 훑었다.

모두들 굳건한 표정을 지은 채 이를 갈고 있었다.

설득으로 끝낼 문제가 아니었다.

한때 장로들에게 둘러싸인 채 짓눌렸던 탓에 많이 감각이 떨어진 탓도 있었다.

간단하게 풀릴 거라 생각했던 문제가 사실은 가장 중요한 문제였다.

무사들은 연신 마인들에게 시비라도 걸기 위해 얼쩡거렸고 시비라도 붙는 날엔 무사들 전부가 마인들에게 덤벼들었다.

마인들은 답답한 표정으로 억울하다는 말조차 하지 않았다.

단지 선혈을 흘리며 정중히 포권 후 한마디를 내뱉을
뿐이었다.

　"미안하오."

　그 모습은 여러 곳에서 발견되었다.

　마인들이 소수로 있을 때 항상 무사들이 시비를 걸기
위해 나타났고, 구타 후, 엉망진창이 된 마인들에게서는
같은 소리가 나왔다.

　"미안하오."

　처음에는 몰랐지만 모든 마인들이 한결같이 똑같은 소
리를 하자 무사들은 소름이 절로 돋았다.

　천마신교라는 곳이 얼마나 무서운 곳인지 새삼 깨달은
것이다.

　팔을 부러뜨리든.

　다리를 부러뜨리든.

　목숨이 왔다 갔다 하든.

　그들은 구타가 끝나면 그 말을 내뱉고는 모습을 감췄다.

　그제야 무사들은 마인들을 괴롭히지 않았지만 이미 서
로 골은 깊어진 상태였다.

　결국 사천반은 포기할 수밖에 없었다.

　"알았소. 천마신교 고수들은 이곳에 두고 우리만 적진
으로 향하겠소."

　사천반이 양보한 것을 깨달은 고수들은 고개를 흔쾌히
끄덕이며 자신들의 의견을 받은 사천반을 칭찬했다.

"역시 맹주님이셔."

"물론 마교 놈들을 끌어들인 것은 잘못하셨지만 그래도 맹주님이시지!"

"암, 그렇고말고."

결국 독고천을 비롯한 이조는 막사에 남은 채 하남성에 머물게 되었다.

하지만 그 누구도 감히 불평을 터트리는 마인들은 없었다.

태상 교주라는 지엄한 자가 조용히 있었으니.

*   *   *

일주일이 흐르고 그들은 하북성까지 도착할 수 있었다.

하북성은 말 그대로 폐허였다.

아직 치우지 못한 시체들이 널브러져 있었고 곳곳에서 강시들이 튀어나와 공격을 해 왔다.

사천반을 비롯한 무사들은 주위를 훑으며 신음을 흘렸다.

"처참하구나……."

만약 직접 이렇게 나오지 않았더라면 그는 그저 장로들의 보고를 받으며 무사히 일을 마쳤다는 보고서만 받았을 것이었다.

이런 처참한 상황은 강호 생활 사십 년 동안 보지 못했던 것이었다.

사천반의 주먹이 굳게 쥐어졌다.

'네 이놈들, 강호의 평화를 되찾아 주마.'

어느새 진주언가의 산문에 도착해 있었다.

분명 엄청난 저항을 받을 거라는 예상을 뒤엎고 진주언가에는 정적만이 가득했다.

사천반은 연신 긴장을 늦추지 않고 주위를 두리번거렸다.

순간, 진주언가의 굳게 닫혀 있던 대문이 천천히 열렸다.

끼이익.

대문이 열리자 강시들이 반겨 왔다.

그런데 독특한 것이, 보통의 강시들은 모두 이성을 상실한 채 적을 보면 달려드는 것이 특징이었다.

움직임도 둔하여 공격하기도 쉽고 피하기도 쉬웠다.

그러나 산문 안의 강시들은 무언가 달랐다.

모두들 두터운 갑주 같은 것을 입고 있었고 손에는 날카로운 병장기를 들고 있었다.

눈에서는 푸른 섬광이 번뜩였다.

"모두 대열을 갖춰라!"

사천반의 외침과 동시에 모두들 병장기를 뽑아 들고는 대열을 갖추기 시작했다.

다들 긴장한 기색이 역력했다.

강시들은 꿈적도 하지 않고 무사들을 노려볼 뿐이었는데, 순간 강시들이 옆으로 갈라지기 시작했다.

그 틈새로 회의를 입은 사내가 터벅터벅 걸어오고 있었다.

회의사내는 연신 주위를 두리번거렸지만 원하는 얼굴을 보지 못했는지 아쉬운 얼굴로 투덜거리고 있었다.

사천반이 앞장서서 큰 소리로 외쳤다.

"네 이놈! 감히 강호를 상대로 전쟁을 걸다니. 우리가 강호를 대신하여 너를 처단하겠다."

사천반의 우렁찬 목소리가 내력을 싣고 퍼져 나가자 강시들이 움찔거릴 정도였다.

엄청난 내력에 뒤에 서 있던 무사들은 역시 맹주, 라며 환호성을 내질렀다.

그러나 회의사내는 사천반의 말을 듣지도 않고 실망한 표정으로 짜증을 냈다.

"독고천, 어디 간 거야?"

독고천이라는 말에 사천반의 눈이 빛났다.

"네놈이 바로 마동진이구나!"

마동진!

무적제 마동진!

눈앞의 별 볼일 없어 보이는 사내가 절대고수로 추앙받는 무적제라는 것을 알자 무사들의 눈이 경악으로 물들었다.

"무, 무적제!"

"그래, 사람들이 그렇게 부르더라고."

마동진의 표정은 좀처럼 나아지질 않았다.

한참을 어린아이처럼 투덜거리던 마동진이 검을 뽑아들었다.

놀랍게도 어떤 소리도 들리지 않았다.

무사들은 대수롭지 않게 생각했지만 사천반의 표정은 돌이라도 씹은 듯 굳어 있었다.

'어, 엄청난 고수!'

갑자기 마동진의 신형이 흐릿해지더니 어느 순간 사천반 앞에 와 있었다.

사천반이 경악하며 검을 휘둘렀다.

까앙!

날카로운 검명과 함께 사천반의 몸이 튕기듯 뒤로 쭉 밀려났다.

"쿨럭."

사천반이 피를 토하자 뒤에 서 있던 무사들이 보호하듯 앞으로 나섰다.

"쳐라! 저놈만 없애면 강호의 평화를 찾을 수 있다!"

"우와아아!"

무사들이 모두 검을 뽑으며 달려들자 마동진이 귀찮은 표정을 지었다.

"에휴, 귀찮아."

마동진이 슬쩍 뒤로 물러서며 손짓했다.

그와 동시에 조용히 서 있던 강시들이 기괴한 소리를 내며 달려왔다.

워낙 가공할 속도에 긴장을 풀고 있던 무사 몇몇이 그대로 당했다.

"으아악!"

"집중하라! 집중해!"

사천반이 피를 닦아 내며 외치자 무사들이 정신을 가다듬으며 진법을 만들기 시작했다.

웅웅!

진법이 발동되기 시작하자 강시들의 움직임이 느려졌다.

그러나 마동진이 다시 한 번 손을 다시 휘두르자 강시들이 두 배 이상 빨라졌다.

"크어억!"

강시들의 날카로운 손톱과 병장기로 인해 무사들이 힘없이 널브러지고 있었다.

유일하게 마동진을 상대할 수 있다고 생각한 독고천은 하남성에 있었다.

모두 힘을 합치면 이길 수 있지만 만약 이곳이 전멸당하고, 강시 무리들이 하남성마저 정복한다면 제 아무리 독고천이라 해도 가망성은 없었다.

최소한 사천반은 그리 생각했다.

"크윽."

사천반이 선혈을 내뱉으며 몸을 일으켰다.

당당한 체구에서 엄청난 내력이 흘러나오며 주위를 휘감았다.

파앗!

사천반의 신형이 곧바로 강시들을 꿰뚫기 시작했다.

무사들을 공격하던 강시들은 사천반의 맹렬한 공격에 의해 몸집이 부서지기 시작했다.

파직!

강시들은 몸집이 두 동강 난 상태에서도 열심히 바닥을 기어 가며 무사들을 공격했다.

"맹주님을 보고 힘내자!"

무사들이 사천반의 무위를 보고 자신감을 얻기 시작했다.

그러나 그때 마동진의 검이 뽑혔다.

스윽!

작은 소음과 함께 사천반의 검이 두 동강 났다.

파직!

사천반은 어처구니없다는 듯 자신의 검을 멍하니 내려다보았다.

"이, 이게 도대체?"

"정말 귀찮군. 독고천은 어디에 있는 거야?"

마동진이 짜증난 말투로 사천반을 재촉했다.

밀려오는 굴욕감에 사천반은 침음을 삼킬 수밖에 없었
다.

그런데 그때였다.

"오랜만이군."

순간 마동진의 얼굴에 화색이 돋았다.

"왔구나!"

그곳에는 흑의를 깔끔하게 차려입은 독고천이 바위에
걸터앉아 있었다.

그 뒤로는 엄청난 수의 마인들이 마기를 내뿜으며 도열
해 있었다.

그 위압감은 엄청난 것이어서 강시들조차 움찔거릴 정
도였다.

마동진이 덩실거리며 독고천에게 다가갔다.

독고천도 슬쩍 몸을 일으키며 검을 뽑아 들었다.

마동진의 눈이 번뜩였다.

"오오, 엄청나구나! 엄청나!"

마동진이 흥분하듯 말하며 자신의 검을 이내 뽑았다.

둘 다 아무런 자세조차 취하고 있지 않았지만 이상하게
바람이 불더니 주위를 뒤덮기 시작했다.

휘이잉!

모래바람이 그들 주위로 돌며 휘날렸다.

"준비됐나?"

마동진이 어린아이처럼 눈을 빛내며 묻자 독고천은 아

무 말 않고 곧바로 신형을 날렸다.

파앗!

까앙!

묵직한 소음과 함께 불꽃이 튀겼다.

그 불꽃이 튀기자 굉음과 함께 주위가 움푹 파였다.

엄청난 무위에 무사들은 그저 멍하니 그들의 대결을 지켜볼 수밖에 없었다.

독고천의 몸이 회오리처럼 돌더니 뒤로 물러섰다.

마동진은 이에 질세라 맹호의 기세로 독고천에게 달려들었다.

당장이라도 독고천의 몸을 꿰뚫을 것만 같았던 마동진의 몸이 갑자기 튕겨 나갔다.

펑!

주르륵.

마동진의 입가에 선혈이 흘렀다.

"좋아, 바로 이거야!"

웃음기 가득한 얼굴로 마동진의 몸이 흔들렸다.

사시나무처럼 떨리던 마동진의 몸이 쏘아져 나갔다.

슈우웅!

그런데 갑자기 독고천의 몸에서 붉은 마기가 폭사되더니 마동진을 튕겨 냈다.

그러나 마동진은 슬쩍 마기를 피하며 검으로 독고천의 배를 찔러 왔다.

순간 독고천의 검날이 가볍게 스치며 마동진의 검을 스
윽 밀었다.

그러나 효과는 엄청났다.

콰앙!

굉음과 함께 폭발이 터지자 마동진의 의복이 걸레가 되
어 버렸다.

마동진은 어처구니가 없다는 듯 독고천을 바라보았다.

"이게 뭐지?"

"칼이 뭔지 아나?"

독고천의 뜬금없는 질문에 마동진은 멍하니 입을 벌릴
수밖에 없었다.

순간, 독고천의 검이 허공을 갈랐다.

"칼은 구름이다."

파스스!

마동진의 검이 갑자기 가루로 화하며 허공에 휘날렸다.

검병을 움켜쥐고 있던 마동진이 멍하니 자신의 손을 내
려다보자 검병마저 가루로 화했다.

마동진은 어처구니없다는 듯 한참을 웃기 시작했다.

"하하하하."

한참 동안 광소를 터트리던 마동진이 갑자기 품속에서
푸른 환약을 입안으로 구겨 넣었다.

부르르!

마동진의 몸이 부들부들 떨리고, 이내 근육이 부풀어

오르기 시작했다.

그 모습에 독고천이 혀를 차며 중얼거렸다.

"잠력환?"

잠력환(暫力丸)!

그것은 희대의 금지된 약물이었다.

평상시 세 배 이상의 힘을 얻을 수 있지만 그 이후엔 삼분지 일의 힘을 잃어버리는 무시무시한 약물이었다.

마동진이나 되는 고수가 잠력환을 써야 한다고 느낄 정도로 독고천이란 벽은 높았다.

"너를 꺾어 주마."

마동진의 눈이 불꽃처럼 이글거렸다.

잠시 부풀어 오른 마동진의 몸을 바라보던 독고천이 피식 웃었다.

"무엇이 웃기냐."

마동진이 차갑게 묻자 독고천이 갑자기 웃음을 터트렸다.

"하하하하!"

조용한 평지에 독고천의 웃음소리가 가득 메워졌다.

얼마나 흘렀을까.

독고천의 웃음이 잦아들었다.

"무도를 아는 녀석인 줄 알았는데, 아쉽구나."

순간, 독고천의 검이 번뜩였다.

휘이잉!

바람이 불었다.

미풍이 불며 독고천과 마동진의 의복을 펄럭였다.

펄럭이던 마동진의 의복이 이내 재로 화했다.

마동진의 온몸에는 혈선이 나 있었고 입에서는 선혈을 폭포수처럼 흘리고 있었다.

"이게 무엇이냐?"

마동진이 꾸역꾸역 피를 내뱉으며 힘겹게 묻자 독고천이 검을 내려뜨렸다.

검에 묻은 피가 바닥을 적셨다.

뚝뚝.

"검운참(劍雲斬)."

"멋진 이름이군."

그 말을 끝으로 마동진은 앞으로 고꾸라졌다.

철푸덕.

마동진이 쓰러지자마자 언제 나타났는지 모를 여인이 모습을 드러냈다.

여인은 무릎을 꿇은 채 쓰러진 마동진의 머리를 조심스럽게 쓰다듬고 있었는데 무언가 아련한 기색이 역력했다.

여인이 슬쩍 고개를 들어 독고천과 시선을 마주쳤다.

"마연지……."

독고천의 중얼거림에 마연지는 마동진을 조심스럽게 등에 업었다.

"그동안 고마웠어요. 나중에 또 뵐 기회가 있겠죠."

그 말을 끝으로 마연지는 마동진과 함께 모습을 감췄다.

독고천이 뒤로 몸을 돌렸을 때 많은 수의 무사들이 경외심 어린 표정으로 독고천을 바라보고 있었다.

무적제 마동진은 천하제일에 가장 근접했던 인물이자 검객.

그런데 그를 이겨 버린 자가 바로 눈앞에 있는 것이다.

"저분은 어디의 누구신가!"

"무적제를 꺾었다! 신검이다!"

"신검이 나타났다!"

모두들 우렁차게 외치며 독고천을 우러러 보았다.

세인들은 멍하니 독고천을 올려다보았고 독고천은 묵묵히 검을 검집에 집어넣었다.

철컥.

검집을 늘어뜨린 채 걸어오는 독고천의 얼굴에선 자부심과 긍지라기보다는 씁쓸함과 고독함이 흘러나오고 있었다.

그러나 세인들은 드디어 강시의 공포에 벗어났다는 것과 절대고수의 탄생을 축하하며 연신 환호성을 내질렀다.

마인들은 괜스레 뿌듯한 표정을 지으며 고개를 끄덕이고 있었다.

자신들의 주인이 정사를 떠나 우레와도 같은 환호성을 받으니 당연한 일이었다.

그러나 독고천의 표정은 담담하기만 했다.

아니, 오히려 무언가 슬퍼 보였다.

독고천의 입이 열렸다.

"돌아가자."

그렇게 주인을 잃은 강시들은 무사들의 손에 쓰러졌고 강호무림맹은 피해를 입은 문파들에 손수 무사들을 보내 도움을 주었다.

강호무림맹의 상부층은 모두 물갈이가 되어, 강호무림맹은 이름 그대로 강호무림의 대표적인 상징이 되었다.

진주언가의 식솔들은 모두 자살한 채 발견되었다.

진주언가의 비급 서적에서 강시들을 돌려놓을 방법을 찾을 수 있었다.

그 전쟁은 많은 피해자와 영웅을 낳았는데, 그중 가장 대표적인 영웅이 신검마(神劍魔)였다.

모두들 나중에 독고천이 검마라는 사실을 알고 경악했지만, 그는 강호를 구한 고수였다.

모두들 그가 다른 종류의 협(俠)을 추구하고 있음을 이해할 수밖에 없어, 모든 강호인들의 우상이 되었다.

강호무림맹주 사천반이 정사와의 경계를 지우겠노라고 발표하자, 천마신교를 비롯한 사파의 측에서도 이에 동의를 표했다.

강호인들은 훗날 이 사건을 호강대전(護江大戰)이라 칭하며 강호를 구하기 위한 전쟁이라 평했다.

호강대전 후 강호무림은 진정한 강호(江湖)로 탈변하고 있었다.

*　　　*　　　*

커다란 회의장에 단 두 명의 사내가 앉아 있었다. 그중 한 명은 온화한 인상의 중년인이었다.

"본 맹에서는 강호무술대회를 개최하려는 생각이오. 어떻소?"

"강호무술대회?"

"그렇소이다. 강호무술대회는 자취를 감춘 대회. 편협한 판정들과 뒷거래 등으로 인해 결국 중단된 대회였소. 하지만 지금이야말로 그 대회가 필요할 거라 생각하오."

잠시 담담한 눈빛으로 중년인, 사천반을 바라보던 독고천이 재차 물었다.

"왜 그게 필요하지?"

"겉보기로는 혼란이 자중된 것으로 보이나 내적으로 보자면 큰일이오. 언제 다시 혼란이 가중될지 모르는 것이고 지금처럼 단결력이 높아졌을 때 정점을 치기 위해 무언가 일이 필요한 때요."

사천반의 말에 독고천이 고개를 주억거렸다.

"그건 그렇지."

"그래서 본 맹과 귀 교가 함께 무술대회를 여는 것이

어떨까 하오."

"본 교를 싫어하는 자가 많을 텐데?"

사천반이 너털웃음을 지었다.

"허허, 걱정 마시오. 이미 물갈이도 했고, 귀하 덕분에 귀 교의 인상이 많이 좋아졌소. 결국 강호의 화합을 위한 대회이니 귀 교가 빠져서 되겠소이까?"

"그래, 그건 그렇다 치고, 원하는 게 있겠지?"

독고천의 날카로운 질문에 사천반이 미소를 지었다.

"역시 독고 대협은 말하기 편해서 좋소. 사실 무술 대회에 사람을 모으기 위해선 상(賞)이 필요한 것은 당연지사. 귀 교에서는 무엇을 걸겠소?"

잠시 검집을 매만지며 침묵을 지키던 독고천이 씨익 웃었다.

"내가 알아서 할 터이니 준비나 해 주게나."

그 말을 끝으로 독고천이 벌떡 일어나더니 회의장을 나섰다.

사라져가는 독고천의 뒷모습을 바라보는 사천반의 눈은 번쩍이고 있었다.

*   *   *

강호무술대회(江湖武術大會)!

호강대전 이후 침묵에 빠졌던 강호는 흥분의 도가니에

빠져 들었다.

본래 강호인들이란 서로의 무공을 겨루는 것에 대해 광적인 존재들이다.

그러니 무술대회를 연다는 것만 해도 흥분할 지경인데 순위권에 든 자들에게 주어진다는 상들이 엄청났다.

삼등에게는 무공 비급, 보검, 금화 백 냥!
이등에게는 무공 비급, 보검, 금화 삼백 냥!
일등에게는 지도(地圖), 금화 오백 냥!

담벽에 붙어 있는 종이를 읽어 내려가던 세인들이 고개를 갸웃거렸다.

"지도?"

"그러게. 일등에게는 무슨 지도를 준다는 거지?"

"보물 지도 아녀?"

"어허, 이 사람아. 아무리 보물 지도라 해도 있는지 없는지도 모르는 것 아녀."

"그건 그렇지만 혹시 모르지. 신물이라도 들어 있을지?"

세인들의 물음은 서서히 강호 전역에 퍼지며 호기심을 낳았다.

그렇게 강호무술대회는 코앞으로 다가왔다.

섬서성은 많은 사람들로 북적였다.

강호무림맹은 화산과 종남이 있는 섬서성을 개최지로 선택했다.

아무래도 거대한 문파가 두 개씩이나 있는 만큼 도움을 받기 용이한 탓이었다.

섬서성에 모인 강호인들의 얼굴은 모두 흥분으로 가득 차 있었다.

자신이 우승자가 되는 그러한 상상을 하는 듯 그들의 얼굴에는 자신감이 떠올라 있었다.

약 천여 명 이상이 몰린 강호무술대회!

강호무술대회는 총 세 개로 나뉘어져 있었다.

예선전, 본선전, 그리고 결선전.

결선전에서는 총 네 명의 고수가 접전을 이루고, 본선전에는 단 삼십이 명만이 오른다.

예선전에는 백여 명이 올라와 예선을 치른다.

예전에는 구파일방 등 명문에게 미리 본선에 진출할 수 있도록 특별히 신경을 썼다.

그러나 이번 대회의 목적은 강호의 단결!

당연히 구파일방이고 뭐고 없었다.

다들 똑같은 시작점에서 결선전이라는 곳을 향해 같이 달려 나갈 뿐이었다.

예선전에 오르기 위해서는 세 가지 조건을 만족시켜야
했다.

첫째, 바위 부수기!

커다란 바위가 곳곳마다 있었는데 병장기 혹은 권각을
사용하여 돌 조각을 떨어뜨리면 성공이었다.

둘째, 술잔에 파동 일으키기!

이것은 내력의 유무를 판단하는 것인데, 내공을 사용하
여 술잔에 따라져 있는 술을 흔들리게 하면 합격이었다.

셋째, 맹호에게 살기 뿜기!

쇠창살로 이루어진 커다란 짐짝 같은 것에는 맹호가 갇
혀 있었다.

쥐 죽은 듯 누워서 사람들을 바라보고 있었지만 눈빛만
큼은 맹수의 그것이었다.

맹호에게 살기를 내뿜어 맹호가 겁을 집어먹으면 합격
이었다.

이와 같은 총 세 개의 조건을 합격하면 영광스러운 예
선에 진출할 수 있는 것이다.

첫 번째와 두 번째는 쉽사리 통과하는 사람이 많았지만
세 번째가 고비였다.

모두들 맹호를 겁주려 연신 힘을 쏟았지만 맹호는 코웃
음만 치며 으르렁거릴 뿐이었다.

그런데 두건으로 온몸을 가린 사내가 성큼성큼 다가오
더니 쇠창살 앞에 섰다.

"나오시오."

두건사내가 슬쩍 심판관을 옆으로 물러서게 했다.

그러게 심판관은 피식 웃었다.

거의 이백여 명에 가까운 사람들이 포기하고 돌아간 곳이다.

눈앞의 사내도 똑같을 것이다.

그런데 이게 웬일?

누워서 으르렁거리던 맹호가 갑자기 벌떡 일어서는 것이 아닌가.

일어선 맹호의 가죽이 바짝바짝 서더니 이내 맹호가 쇠창살 뒤로 물러서며 몸을 바들바들 떨기 시작했다.

바들바들 몸을 떨던 맹호가 고개를 납작하게 숙이며 고양이처럼 신음을 흘리기 시작했다.

심지어 거품까지 입에 물며 당장에라도 실신할 것 같다.

그 모습에 심판관이 멍하니 두건사내를 바라보았다.

두건사내가 입을 달싹였다.

"합격이오?"

"그, 그렇소."

심판관이 당황하며 품 안에 있던 합격증 하나를 두건사내에게 건네주었다.

두건사내는 합격증을 낚아채듯 가져가며 모습을 감췄다.

그 이후로 많은 자들이 합격했지만 두건사내만큼 맹호를 겁먹게 한 자는 없었다.

서서히 날이 저물고 심판관들이 각자 철수 준비를 하려던 무렵.

어떤 사내가 나타났다.

온몸에 회의를 둘러맨 사내였는데 놀랍게도 왼팔이 없었다.

"어찌 오셨소?"

"강호무술대회."

회의사내의 짤막한 대답에 심판관이 눈썹을 찌푸렸지만 이내 한쪽을 가리켰다.

"바위를 쳐서 조각을 떨어뜨리면……."

빠각!

우수수!

바위가 아예 조각이 되어 버렸다.

심판관이 마른침을 삼켰다.

"저곳에 있는 술잔의 술을 움직이면……."

쏴아아!

술잔의 술들이 공중으로 치솟더니 이내 증발했다.

"맹호를 겁먹게……."

맹호가 갑자기 숨이 막히는지 고통스러운 듯 이리저리 날뛰다가 이내 숨이 끊어졌다.

심판관은 긴장으로 떨리는 손으로 힘겹게 합격증을 꺼

내 들었다.

회의사내는 조용히 합격증을 챙기며 모습을 감췄다.

'저, 저자는 도대체…….'

*   *   *

예선전은 흥미로웠다.

아무래도 예전같이 고수들이 부전승으로 본선에 진출하는 경우가 없었기에 예선전에서도 살벌한 접전들을 볼 수 있었다.

다행히 예선전에서는 사망자 혹은 중상자가 나오지 않았다.

강호무술대회가 일주일째 되는 날.

치열한 본선이 열렸다.

강호무술대회의 대회 목적상 다행히 사망자는 나오지 않았다.

중상자는 나왔지만 생명까진 무리가 없었기에 모두들 다행이라 생각했다.

본선이 끝나고 남은 고수들은 역시였다.

강호무림맹 소속으로 출전한 고수들과, 구파일방과 녹림, 천마신교 등의 고수들로 즐비했다.

두각을 보였던 두건사내는 갑작스럽게 기권을 하고는 모습을 감췄다.

세인 대부분이 아쉬워했지만 그래도 회의사내가 남아 있었기에 모두들 기대에 부풀었다.

결선을 앞둔 하루 전날.

강호무림맹주 사천반이 직접 단상에 올라섰다.

"강호무림 동도 여러분, 안녕하시오. 강호무림맹을 맡고 있는 사천반이외다."

"우와아아!"

중인들의 함성 소리가 단상을 가득 메웠다.

"다름이 아니라 이제 내일이면 결선전이 시작되오. 즉, 강호무림의 최강자를 뽑는 날이 바로 내일이란 소리요. 어떻소?"

사천반이 자연스럽게 관중들의 반응을 유도했다.

말 그대로 흥분의 도가니였다.

관중들은 희대의 고수들을 자신의 눈앞에서 볼 수 있다는 것에 대해 자부심마저 느끼는 듯싶었다.

관중들의 함성 소리가 잦아들 때까지 사천반은 흐뭇한 미소로 그들을 바라보고 있었다.

시간이 흐르고 사천반이 입을 열었다.

"다들 아시다시피 일등 상품이 지도라는 것을 알고 있을 것이오. 그것이 무엇인지 궁금하지 않소?"

모두들 고개를 끄덕이며 손을 들었다.

"그 지도는 바로 뇌전검의 위치가 나타나 있는 지도요."

뇌전검이라는 말에 좌중들이 고개를 갸웃거렸다.

"뇌전검은 말 그대로 뇌전을 뿜는 희대의 신검이오. 그 뇌전검이 숨겨져 있는 곳의 지도를 준다는 것이오!"

그러나 좌중들의 반응은 미지근했다.

우선 뇌전검이 무엇인지도 몰랐고, 그것이 얼마나 중요한 신물인지 몰랐던 탓이다.

사천반도 그것을 눈치챘는지 고개를 끄덕였다.

"모두들 뇌전검에 대해서 제대로 아는 사람이 드물 거라 생각하오. 뇌전검의 본래 이름은 지존검(至尊劍)이오!"

그제야 관중들이 경악성을 내질렀다.

지존검이 무엇이던가!

―지존검을 지닌 자, 천하를 가지게 되리라!

많은 전설을 낳고 모두들 그 하나의 검을 가지기 위해 얼마나 많은 피를 흘렸던가.

그러나 그 누구도 지존검을 얻지 못했다.

결국 지존검은 역사의 뒤안길로 사라지는 듯했다.

그런데 그런 지존검의 행방이 나타난 것이다.

"지존검! 지존검!"

관중들이 외치며 발을 굴렀다.

쿵! 쿵!

"그렇소! 그 지존검, 즉 뇌전검이 숨겨져 있는 위치가 기록된 지도를 우승자에게 줄 예정이오!"

그제야 관중들은 환호성을 내질렀다.

그들은 언제나 협객과 고수에 목말랐다.

비록 그들은 고수가 되지 못할지언정 새로운 고수의 유명세는 그들이 항상 원하는 것이었다.

새로운 고수는 이야깃거리를 만들었고 강호무림의 판세를 뒤집었다.

그리고 그것은 중인들에게 재미와 호기심, 그리고 흥미를 주었다.

"우와!"

"자, 이제 내일부로 결선전을 시작하겠소!"

중인들의 우레와도 같은 외침 속에 사천반은 단상 아래로 내려갔다.

그리고 다음 날 모든 세인들의 관심 속에서 결선전이 열렸다.

결선전은 어찌 보면 시시했다.

워낙 실력 차이도 컸고 단 두 명만이 돋보였을 뿐, 대부분이 진흙탕 싸움이었다.

결승에는 온통 회의를 뒤집어쓴 사내와 화산의 검객이 올라왔다.

그들은 결선 때부터 두각을 보이며 다른 자들을 압도적으로 물리친 자들이었다.

화산은 오래전 소림과 무당이 멸문했던 틈을 타 발전을
꾀했지만 종남과의 세력 다툼으로 인해 무너질 뻔한 위기
를 맞이했다.

다행히 장문인이 바뀐 후에는 부흥기를 맞이하고 있었
다.

"화산의 유천(幽天)이오."

유천이 정중히 포권하며 고개를 숙였지만 회의사내는
그저 고개를 까닥였다.

그 모습에 유천의 속눈썹이 파르르 떨렸다.

"그런 건방진 모습, 곧 후회하게 해 주겠소!"

심판이 깃발을 흔들자마자 유천의 신형이 솟구쳐 나갔
다.

그 모습은 흡사 맹호와도 같아 내력이 약한 자라면 이
내 무릎을 꿇고 말 정도로 엄청난 살기를 자랑했다.

회의사내는 담담히 서 있다가 슬쩍 옆으로 비켜섰다.

그리고 그게 끝이었다.

유천은 한바탕 크게 몸을 휘청이더니 바닥에 엎어졌다.

콰당.

그 이후로 유천은 일어나지 못했다.

"……뭐야?"

관중들은 모두들 어리둥절하며 서로를 바라보았다.

그러나 이내 심판이 회의사내의 손을 들어 주자 그것이
공격이었다는 것을 알게 되었다.

"……어, 엄청난 빠르기다."

그 경기를 보던 대부분의 강호인은 회의사내의 한 수를 보지도 못했다.

그것은 맹주 사천반도 마찬가지였다.

'엄청나구나……. 그런데 어디서 본 듯한…….'

치열했던 예선전과는 달리 지루한 본선과 결선으로 인해 지쳤던 관중들이었다.

결승마저 이렇게 시시하게 끝나 버리니 모두들 허탈한 한숨을 터트렸다.

"에이, 이게 뭐야."

"한껏 기대했는데 단 한 수?"

"제기랄, 재미도 없군."

모두들 투덜거리며 한숨을 내쉬었지만 그들은 기대가 어린 눈으로 비무대를 바라보고 있었다.

이제 일등 상품인 '그것' 의 지도가 나올 차례였다.

사천반이 단상 위로 올라왔다.

"승부는 깔끔히 가려졌소. 즉, 일등에게는 그것의 지도와 기타의 상품이 주어질 예정이오. 지도를 가져오거라!"

사천반의 말에 무사들이 급히 창고로 발걸음을 옮겼다.

창고의 거대한 자물쇠를 열고 들어간 무사들 이내 경악할 수밖에 없었다.

"이, 이게 뭐야!"

지도가 숨겨져 있던 창고에 푸른 영웅건 한 개와 종이 한 장만이 남겨져 있었다.

　안녕하시오. 아직 나를 기억하는 강호의 동도들이 있을지는 모르겠소만 숨겨 놓은 지도 잘 보고 가오.

　불투신투(不偸神偸).
　강호무림맹이 뒤집혔다.
　분명 불투신투는 유명한 도둑들 중 하나였지만 유명해진 이유가 아무것도 훔치질 않아서였다.
　그러나 이번에는 아예 가져가 버린 것이다.
　그런데 엎친 데 덮친 격.
　섬섬성 모든 담벼락에 하나의 종이가 붙어 있었는데, 종이에는 다음과 같이 적혀 있었다.

　뇌전검을 얻고 싶은 자, 요녕으로 가라.

　역시나 그 아래에는 불투신투의 이름과 서명이 적혀 있었다.
　결국 뇌전검에 욕심을 가진 대부분의 고수들의 발걸음은 요녕으로 향했다.
　당연 강호무림맹에서도 요녕으로 많은 수의 인원들을 파견 보낼 수밖에 없었다.

그렇게 강호의 시선은 요녕으로 쏠려 있었다.

* * *

"자네, 그 소식 들었나?"

"어떤 소식?"

"뇌전검!"

"그 신검 말인가?"

"신검이라니! 천하제일신검이라 불리어도 부족한 신물
일세!"

"나는 그딴 전설 따위 믿지 않네."

"자네도 멍청하구먼. 누가 그걸 믿지 않는단 말인가.
신검마조차도 그 검을 찾으러 떠났다는 소문이 파다하
네!"

"시, 신검마도?"

"그렇다네! 불투신투가 그 뇌전검의 위치를 공개했다
네. 모두들 요녕으로 몰리고 있네."

"우리도 한 번 찾아 봐야 하는 거 아닌가?"

강호의 모든 객잔은 뇌전검에 대한 이야기로 가득했다.

모두들 뇌전검을 한 번이라도 보기를 원했고 자세한 정
보를 갈망했다.

누가 먼저 이야기를 꺼냈는지 몰랐다.

단지 강호의 모든 정보를 알고 있다는 괴인, 신이통객(神

耳通客)의 단순한 말 한마디가 강호를 뒤집은 것이었다.

―천하제일고수? 그거 뇌전검 하나 가지고 있으면 돼.
신검마(神劍魔)도 뇌전검 앞에선 어린아이에 불과하지.
암, 그렇고말고.

뇌전검(雷電劍)!
하나의 검이 강호를 진동시켰다.
검을 얻으면 희대의 무공을 얻는다는 전설의 신검, 뇌
전검이 강호에 나타났다는 소문은 널리 퍼져 가며 강호인
들을 흥분시켰다.
명숙들 대부분은 신외지물 따위에 들썩이는 강호가 못
마땅했지만 그들 또한 호기심을 지울 순 없었다.
언제 나타났는지도 몰랐다.
어떻게 만들어졌는지도 몰랐다.
심지어 어찌 생겼는지도 몰랐다.
그러나 확실한 것은 뇌전검을 가지면 천하제일이라 해
도 부족함이 없는 무공을 갖게 된다는 것이었다.
강호무림맹은 물론이고 구파일방, 천마신교마저 그 검
을 찾으려 나섰다는 소문이 퍼졌다.
사실 강호무술대회에 지도를 상품으로 내건 이유도 강
호무림맹 측에서 쉽게 뇌전검을 찾기 위해서였다는 설도
흘러 나왔다.

불투신투가 뇌전검의 위치를 뿌린 후에 강호무림맹도 직접 인원을 보냈으니 꽤나 유력한 설 중 하나로 퍼져 갔다.

호강대전(護江大戰) 이후 이십여 년 이상 침묵에 빠진 채 고요하던 강호의 물결에 파문이 일기 시작했다.

* * *

"사숙, 정말 뇌전검이 존재할까요?"

"존재하든 안 하든 네가 오늘 수련을 마쳐야 한다는 사실은 변하지 않는다."

날카로운 인상의 청의사내가 정색하며 말하자 동안(童顔)의 백의여인이 한숨을 내쉬었다.

"사숙, 누가 수련 안 한대요?"

"어허, 향(珦)아. 어제도 안 했지 않느냐."

"그, 그건……."

향이라 불린 백의여인의 허연 얼굴이 붉어졌다.

청의사내가 차를 홀짝이며 담담히 말했다.

"식사를 마치고 곧바로 수련을 하거라."

"하지만 소화는 시키고……."

청의사내가 노려보자 백의여인이 찔끔하며 기어 들어가는 소리로 중얼거리듯 말했다.

"……알았어요."

"대신 내가 먹고 싶은 음식을 시켜 주마."

백의여인의 눈동자가 초롱초롱 빛났다.

"정말이요?"

청의사내가 고개를 끄덕였다.

"우와!"

그때 갑자기 객잔 안이 시끌벅적해졌다.

"아니, 이놈이! 시비를 걸었으면 사과를 해야지?"

족히 곰 같은 덩치를 지닌 세 명의 거한이 한껏 인상을 찌푸리며, 한 흑의사내를 핍박하고 있었다.

흑의사내는 탁자에 앉아서 묵묵히 만두를 집어먹고 있었는데 거한의 말은 귓등으로도 듣지 않는 듯했다.

"이놈이! 감히 신노삼웅(神怒三熊)을 무시해?"

신노삼웅은 절강의 유명한 외공의 고수들이었다.

그들은 형제였는데 주로 여행객을 위주로 시비를 건 후에 돈을 뜯어내는 무리들이었다.

외공의 조예가 매우 깊어 절강의 대부분 강호인들도 고개를 설레설레 저으며 피할 정도였다.

그들이 신노삼웅임을 알아본 객잔 내의 손님들도 모두들 하나둘씩 몰래 일어나고 있었다.

그 모습을 바라보던 백의여인이 혀를 찼다.

"아니, 아직도 저런 놈들이 활기를 치고 있네? 사숙, 혼내 주죠?"

청의사내는 답하지 않은 채 조용히 흑의사내를 바라보

고 있었다.

백의여인이 답답한 듯 청의사내를 재촉했다.

"사숙, 도와주러 가자구요!"

"기다려라."

청의사내가 슬쩍 손을 들자 백의여인이 입을 다물었지만, 입술을 내밀며 투덜거렸다.

'뭘 기다려요. 기다리다가 한 명 죽게 생겼구만.'

신노삼웅은 흑의사내를 둘러싼 채 거친 말로 협박만을 할 뿐, 아직까지 주먹을 날리진 않았다.

돈만 뜯고 가면 끝날 터인데 굳이 힘을 쓰고 싶진 않았다.

거기다 객잔 주인하고는 안면이 있는 터라 기물을 파손하고 싶지 않았다.

"이봐, 알아서 사과를 하든가. 아니면 네가 친 내 어깨를 치료하게 돈을 좀 주든가."

신노삼웅 중 가장 키가 큰 거한이 이죽거리며 동전 모양을 노골적으로 허공에 그렸다.

조용히 젓가락을 놀리던 흑의사내가 품속에서 동전을 꺼냈다.

그것은 은화 한 냥이었는데 신노삼웅의 얼굴이 눈에 띄게 환해졌다.

"그래그래, 진즉에 이렇게……."

스르르.

순간 흑의사내의 손에 올려져 있던 동전이 가루로 변했다.

신노삼웅의 얼굴이 변했다.

"이놈이 감히 우리를 농락해?"

인상을 찌푸리던 그들의 신형이 솟구쳤다.

그런데 그때였다.

어느새 나타났는지 모를 청의사내가 그들 틈에 끼어 들었다.

청의사내의 손엔 날카로운 검기를 뿌리는 검이 들려 있었다.

엄청난 발검에 신노삼웅이 저도 모르게 마른침을 삼켰다.

꿀꺽.

"이제 그만하시오."

청의사내의 담담한 말에 신노삼웅이 서로의 눈치를 살피다가 뒷걸음질 쳤다.

"이, 이놈! 나중에 두고 보자!"

신노삼웅이 도망치듯 객잔 밖을 나서자 청의사내가 정중히 포권을 했다.

"본인은 진유환(眞有歡)이오."

흑의사내는 그저 묵묵히 만두를 씹어 먹다가 돌연 의자를 가리켰다.

진유환이 고개를 까닥이며 의자에 앉았다.

진유환은 조용히 만두를 씹어 먹는 흑의사내를 호기심 가득한 표정으로 바라보고 있었다.

그런데 어느새 다가온 백의여인이 진유환 옆에 거침없이 앉았다.

"전 소향(蘇珦)이에요."

자신을 소향이라 밝힌 백의여인은 자연스럽게 만두를 집어먹기 시작했다.

진유환이 당황하며 바라보았지만 소향은 아랑곳하지 않았다.

그러나 흑의사내도 그리 신경 쓰지 않는 듯 점소이를 불러 만두 한 접시를 더 시켰다.

일각 정도 흘렀을까.

갑자기 소향이 뜬금없이 입을 열었다.

"그런데 귀하는 왜 감사의 말 한마디 없죠?"

평상시 소향의 거침없는 언변은 알았지만 너무나 버르장머리 없는 말투에 진유환이 당황했다.

"향아, 어디서 그런 말버릇을……."

"고맙소."

흑의사내의 담담한 말에 진유환이 입을 다물었다.

소향은 만족한 듯 고개를 주억거렸다.

"그래도 예의는 있는 사람이군요."

흑의사내가 동전 몇 개를 탁자에 올려놓고는 벌떡 일어섰다.

그리고 객잔 밖을 나가 버렸다.

소향은 조용히 흑의사내의 뒷모습을 바라보다가 한숨을 내쉬었다.

"괜찮은 남자는 왜 다 도망가지?"

第五章

요녕동행(遙寧同行)

소향의 투덜거림에 진유환이 쓴 웃음을 지었다.

"너는 저 사내의 생김새를 보고 온 것이냐?"

"네, 괜찮게 생겼잖아요."

"저 사내의 한 수를 못 봤더냐?"

"뭔 한 수요?"

소향이 고개를 갸웃거리자 진유환이 탁자 구석에 있던 가루를 주워 들었다.

"이것이 아까까지는 은화였다."

"뭐라구요? 이 가루가요?"

"그래, 동전도 아니고 은화를 단 한 수에 가루로 만들었다."

소향이 감탄사를 내질렀다.

"수공의 고수인가요?"

"눈이 죽었구나. 그 자의 허리춤에는 검이 매달려 있었다. 검객이란 소리지."

"그럼 화공(火功)의 고수인가요?"

"그건 아직 모르겠다. 호기심이 동해 내력을 알아보려 했지만 알아낼 수 없었구나."

진유환이 아쉬운 듯 입맛을 다셨다.

그러자 소향이 갑자기 벌떡 일어섰다.

"그럼 따라가요."

"뭐라?"

"사숙, 얼른 따라가요!"

소향이 진유환의 소매를 낚아채며 이끌었다.

평상시라면 진유환이 혼을 냈겠지만 자신도 호기심이 동했기에 쓴웃음을 지으며 딸려 갔다.

다행히 얼마 지나지 않아 흑의사내를 찾을 수 있었다.

흑의사내는 쭈그려 앉은 채 연못을 내려다보고 있었는데 특유의 분위기가 흘렀다.

"또 만났네요."

소향이 능청스럽게 흑의사내 옆에 쭈그려 앉으며 말을 걸어왔다.

흑의사내가 옆을 슬쩍 보더니 고개를 끄덕였다.

"그렇소."

"그런데 대협의 성함이 뭐예요?"

"독고천."

독고천이라는 말에 소향이 고개를 주억거리며 환한 미소를 지었다.

'꽤나 이름이 멋있네.'

"독고 대협은 어디 가시는 길이에요?"

"요녕."

뒤에 서 있던 진유환은 독고천의 말에 무언가 뇌리에 스쳐 지나갔다.

'뇌전검!'

그랬다.

뇌전검이 요녕 어딘가에 숨어 있다는 말은 강호인들을 요녕으로 이끌었다.

'고수로 보았거늘, 단순히 신물에 의존하는 자였단 말인가.'

진유환의 얼굴에 아쉬움이 떠올랐다.

'협객은 아니군.'

그러나 여전히 독고천의 무공 내력이 궁금했기에 유심히 독고천을 살피고 있었다.

소향은 연못을 바라보는 독고천의 옆모습을 바라보고 있었다.

"독고 대협."

독고천이 말하라는 듯 고개를 까닥이자 소향의 얼굴이 환해졌다.

"사문이 어디에요?"

첫 만남에 사문을 묻는 것은 매우 실례였다.

그러나 소향은 아랑곳하지 않고 물었다.

진유환도 독고천의 내력이 궁금했기에 조용히 침묵을 지키고 있었다.

독고천이 입을 달싹였다.

"천마신교(天魔神敎)."

순간, 소향과 진유환의 표정이 바뀌었다.

천마신교는 강호최대세력 중 하나!

거기다 강호무림맹주 사천반의 노력으로 천마신교에 대한 강호인들의 인식은 바뀌어져 있었다.

"우와, 천마신교요?"

소향이 감탄사를 내뱉으며 고개를 끄덕였다.

천마신교는 단독 행동이 불가했다.

그만큼 본교 안에서 나오기도 힘들었고 강호에 잘 활동하지 않아 신비로울 정도였다.

그런데 눈앞의 천마신교의 고수가 있는 것이었다.

소향의 눈빛이 번뜩이고 있었다.

천마신교의 고수에 훤칠한 외모.

본래 날카로운 인상을 좋아하는 소향으로서는 독고천의 외모가 딱 자신의 이상형이었다.

가뜩이나 시집갈 나이가 넘어서 구박을 받고 있는 터에 괜찮은 남자가 나타난 것이다.

소향이 슬쩍 진유환을 바라보았다.

진유환이 쓴웃음을 지었다.

'마음대로 하거라.'

그도 천마신교의 고수를 보는 것은 처음이었다.

전설로 뒤덮여 있는 천마신교의 고수의 진실한 무공을 보고도 싶었다.

진유환의 반응에 소향의 얼굴에 미소가 걸렸다.

"독고 대협, 저희도 요녕에 가는데, 동행해도 될까요?"

강호인들의 동행은 위험한 것이었다.

각자의 진실된 무공 내력도 모르고 정체도 잘 알지 못하는 상태에서의 동행은 뒤통수를 맞을 수도 있었다.

그러나 독고천이라는 사내의 몸에서 흐르는 독특한 분위기는 그러한 걱정마저도 없애는 듯했다.

독고천이 물끄러미 연못을 바라보다 고개를 끄덕였다.

소향의 미소가 귀에 걸렸다.

"여기는 제 사숙이에요. 저희는 검각(劍閣)의 문하들이에요."

검각!

한때 천하제일검객들을 배출하며 승승장구하던 명문이었다.

하지만 약 육십 년 전 검신이 실종된 후 쇠락의 길을 걷고 있었다.

비급을 분실한 적도, 고수들을 잃은 적도 없었다.

하지만 그들에게서 더 이상 절대고수는 나오지 않았
다.

그렇게 세인들의 기억에 사라져 가고 있던 명문 중 하
나였다.

검각이라는 말에 독고천이 주억거렸다.

그러자 소향이 눈을 빛냈다.

"검각을 아세요?"

"알다마다."

독고천의 말에 진유환과 소향의 어깨가 의기양양한 듯
펴졌다.

검각은 강호에서 잊힌 문파.

그러나 그 문파를 알아주는 사람이 있다는 것만 해도
그들은 기쁠 지경이었다.

"검각의 문하들은 오랜만이군."

독고천의 나직한 말에 진유환과 소향의 얼굴빛이 달라
졌다.

마치 검각을 잘 안다는 말투였다.

그 말인즉, 선배 고수를 알 수도 있는 것이고, 자신들
보다 배분이 훨씬 높을 수도 있었다.

"본 각의 어떤 분과 친분이 있으신가요?"

"친분은 아니지만 그렇다고 볼 수도 있지."

독고천의 오묘한 말에 소향이 고개를 갸웃거렸다.

"그분의 성함을 알 수 있을까요?"

"파종우."

파종우라는 말에 그들은 고개를 갸웃거렸다.

검신(劍神)이라는 명호는 널리 알려져 있었지만, 본명은 검각에서조차 모르는 인물이 많았다.

그만큼 명호가 주는 위압감이 엄청났기에 본명은 묻히고 만 것이었다.

하지만 듣지도 못해 본 선배를 안다는 말에 진유환과 소향의 자세는 공손해졌다.

"아, 파 선배님을 아시는군요."

소향이 고개를 끄덕이며 아는 척을 했지만 곧바로 이름은 기억에서 잊혀졌다.

그것이 중요한 것이 아닌 것이다.

결국 검각와 인연으로 이어져 있고 괜찮은 남자라는 것이 중요할 뿐.

그러나 진유환의 머릿속은 바쁘게 돌아가고 있었다.

'파종우…… 파종우?'

순간, 진유환의 뇌리 속에 무언가 스쳐 지나갔다.

'이미 오래전 실종된 검신 선배님의 본명이 바로 그것이다. 감히 우리를 농락하다니……'

그 누가 검신을 모른단 말인가.

눈앞의 사내는 검각의 가장 유명한 고수의 이름을 댄 후 자신들을 농락하고 있었던 것이었다.

당연 진유환의 표정은 싸늘해졌다.

소향의 목적만 아니었으면 당장 자리를 박차고 나갔을 것이었다.

'남자보는 눈이 이리 없어서야⋯⋯.'

그러나 진유환도 이해할 수밖에 없었다.

검각의 유명한 고수는 이제 없었다.

그러니 독고천이란 사내도 자신들을 배려해서 말한 것일 수도 있었다.

씁쓸하지만 현실을 받아들여야 하는 것이다.

냉정해 보이지만 그것이 강호란 곳이었다.

"그럼 대협은 요녕에 가시는 이유가 뇌전검 때문인가요?"

소향의 물음에 독고천의 무뚝뚝한 얼굴에 작은 미소가 떠올랐다.

그것은 날카로움 속의 색다른 것이어서 소향은 멍한 얼굴로 독고천의 얼굴을 바라보았다.

"뇌전검을 어떻게 생각하지?"

독고천의 말에 소향이 잠시 고민하는 듯 눈동자를 깜박였다.

"뇌전검은 전설의 신검으로, 그것을 얻으면 천하제일의 무공을 얻는다고 해요. 저희는 각주님의 명으로 그 뇌전검의 진실 여부를 알기 위해 요녕으로 가는 것이에요."

"검각은 뛰어난 고수들이 많을 텐데, 굳이 뇌전검을 얻을 필요가 있나?"

"……검각의 명성은 끝났죠."

소향의 씁쓸한 말에 독고천이 고개를 끄덕였다.

검각은 현재 중소 문파 취급도 못 받을 정도로 급속도로 몰락했다.

많은 이유가 있었지만 구결을 풀어 주고 이끌어 줄 절대고수가 없었다.

모두들 절정에 오른 고수들이었지만, 절대라는 벽은 높고도 험했다.

그 상태로 절정고수들은 나이를 먹어 가고, 그렇다 보니 절정고수들은 줄어만 갔다.

그렇게 검각은 몰락하고 있었다.

소향의 솔직한 발언에 독고천의 미소가 더욱 짙어졌다.

"그래서 뇌전검을 이용해서 명성을 다시 얻을 생각인가?"

그때, 진유환이 대신 답했다.

"그건 아니오. 본 각은 신외지물 따위로 명성을 얻을 생각은 없소. 본 각은 강호의 평온을 유지하기 위해 만들어진 문파. 뇌전검이 사실이라면 중재 역할을 하기 위해 요녕을 가는 것이오."

"중재라면?"

"악용을 대비하여 파괴할 목적으로 가는 것이오."

만약 악용할 목적을 대비해서 자신들이 가져간다고 말했다면 독고천은 그저 쓴웃음을 지을 수도 있었다.

그러나 파괴한다는 것은 정말 순수한 강호의 평온을 위한 것.

진유환과 소향을 바라보는 독고천의 눈빛이 변했다.

"파괴가 쉬울까?"

"물론 쉽지 않을 것이오. 하지만 겨우 신외지물로 강호가 혼란에 빠지는 것보단 낫소. 우린 어떠한 방법을 쓰더라도 뇌전검을 얻은 후 파괴할 것이오."

"대단하군."

독고천의 중얼거림에 소향과 진유환은 만족한 듯 고개를 끄덕였다.

비꼼이 아니었다. 이해했다는 말투였다.

그것은 분명 쉽사리 이해할 만한 것이 아니었다.

희대의 신검을 부순다니.

상식적으로 말도 안 되는 소리였다.

그런데 눈앞의 독고천이란 사내는 그것을 진심으로 이해하고 있었다.

그의 눈빛이 말해 주고 있었다.

독고천이 천천히 몸을 일으켰다.

"소향과 진유환이라 했나?"

"네."

"그렇소."

독고천이 씨익 웃었다.

"요녕까지 잘 부탁하네."

                    *   *   *

여행길은 심심하지 않았다.

소향이 원래 잘 떠드는 성격에, 독고천은 듣고 있다가
도 간혹 대답도 잘해 주어 이야기는 끊이질 않았다.

진유환도 어느새 독고천에 대한 의심을 풀어 훨씬 편히
이야기를 나눌 수 있었다.

그들은 절강을 지나 강소를 지나고 있었다.

강소에는 여러 지방에서 올라온 무사들이 머물러 있었
는데 다들 뇌전검 이야기를 나누고 있었다.

"뇌전검이 정말 있긴 있나 보네요."

소향의 말에 진유환이 동의했다.

"아니 땐 굴뚝에 연기가 나겠느냐. 있긴 있을 것이다.
그러나 그것이 무엇인지는 직접 봐야 하겠지."

그들은 식사를 하면서 주위 이야기를 주의 깊게 들었
다.

모두들 똑같은 얘기였다.

요녕 어떤 산에 뇌전검이 있는데, 그곳까지 가기 위해
서는 진법 등 많은 함정을 뚫어야 한다는 말이었다.

모두들 그곳에 갔지만 살아온 사람은 없다고 했다.

살아온 사람이 없으니 그곳에 무언가 중요한 것이 있음
은 분명하고 그것이 뇌전검이라는 얘기가 상당수였다.

"참, 그때 자세히 못 물어보았는데 독고 대협은 뇌전검을 찾으러 가는 거예요?"

독고천이 고개를 내저었다.

"아니다."

"그럼요?"

소향이 되물었지만 독고천은 말없이 웃어 보일 뿐이었다.

답답했지만 소향은 금방 웃음을 되찾았다.

"그나저나 독고 대협도 우리를 좀 도와줘요. 거기에는 많은 고수들이 있을 것이 분명한데, 저와 사숙의 힘만으로는 무리가 있잖아요."

"생각해 보지."

독고천의 말에 소향이 아쉽다는 듯 입술을 쭈욱 내밀었다.

그러자 진유환이 껄껄 거리며 웃었다.

"대협께서는 요녕에서 따로 할 일이 있을 것이니 괴롭히지 말거라."

그러나 진유환도 속으로는 궁금했다.

그때 보았던 한 수를 생각해 보면 절정에 다다른 고수였다.

그러나 그 외에는 무공을 익힌 흔적도 보이지 않고 무공을 쓸 기회도 없으니 궁금했다.

그러던 중 마침 기회가 찾아왔다.

산적들이 능글거리는 미소를 지으며 슬그머니 숲 속에

서 길을 막아 온 것이다.

"안녕하쇼?"

그중 우두머리로 보이는 거한이 키득거리며 손을 흔들어 왔다.

그러나 문득 독고천 일행의 허리춤에 검이 매달려 있는 것을 보고 더욱 짙게 웃었다.

"아이고, 강호인들이네. 무공 좀 익혔다고 거들먹거리는 놈들 아니야?"

본래 대부분의 산적은 무공을 익히지 않았기에 강호인들을 설설 피해 다녔다.

그런데 이 산적들은 무언가 달랐다.

"강호인들 돈 뺏는 재미가 쏠쏠하지. 고놈들 잘난 면상 일그러지는 것이 난 좋거든."

거한의 말에 뒤에 서 있던 졸개들이 킬킬 거렸다.

거한의 몸에서 기세가 뿜어져 나왔다.

휘이잉.

미풍이 불기 시작하더니 이내 거한의 몸을 휘감으며 거한의 의복이 펄럭였다.

"자, 나도 그 잘난 무공을 익혔는데……. 누가 이기나 볼까?"

갑자기 거한의 신형이 솟구쳤다.

거한의 솥뚜껑만 한 주먹이 당장이라도 독고천 얼굴을 꿰뚫을 것 같았다.

그러나 독고천은 멍하니 서 있었다.

진유환이 기겁하며 검을 뽑음과 동시에 독고천 앞으로 나섰다.

까앙!

주먹과 검이 맞부딪쳤는데 쇳덩어리가 부딪치는 소리가 들렸다.

거한이 씨익 웃었다.

"제법인데?"

진유환은 얼얼해진 손목을 슬쩍 매만지며 뒤로 물러섰다.

'무공을 익힌 줄 알았는데 겨우 그런 움직임조차 읽지 못하다니?'

진유환이 슬쩍 독고천을 보았지만 독고천은 무슨 일이 있었는지 모르는 듯 눈만 껌벅일 뿐이었다.

진유환은 마음을 다잡으며 거한을 노려보았다.

시시한 산적이라 생각했지만, 부딪쳐 보니 내력 수준이 비슷했다.

힘으로는 진유환을 압도했다.

'쉽지 않겠는데.'

진유환이 슬쩍 소향을 쳐다보았다.

소향은 그래도 무공을 익혔지만 실전 경험은 아주 없다시피 했다.

거기다 산적들이 음탕한 눈빛으로 소향을 쳐다보자 분노로 몸을 부들부들 떨고 있었다.

'나서게 해선 안 된다.'

분노로 이성을 잃은 소향이 실수를 하여 인질로 잡혀 버리면 곤란했다.

거기다 독고천은 무공조차 모르는 것 같으니 진유환 혼자서 모두를 상대해야 했다.

혼자 처리하는 것과 누군가를 지키며 싸우는 것은 차원이 다른 문제였다.

'큰일이군.'

진유환은 마른침을 삼키며 검병을 움켜쥐었다.

긴장된 분위기를 읽었는지 산적들의 웃음은 더욱 짙어졌다.

"어이구, 혼자서 모두를 지킬 수 있을런가?"

"킬킬킬, 그러게 말이야."

산적들이 동그란 원을 만들며 그들을 감쌌다.

일촉즉발의 상황이었다.

그런데 작은 소음이 숲 속에 울려 퍼졌다.

스윽.

"어?"

무언가 스치는 기분에 산적들이 고개를 갸웃거렸다.

그리고 산적들이 하나둘씩 쓰러졌다.

철푸덕.

비명 소리도 없었고, 짧은 단말마도 없었다.

산적들은 모두 쓰러져 진유환과 소향, 그리고 독고천만

이 서 있었다.

진유환은 멍한 표정을 지은 채 입을 벌렸다.

"이, 이게 도대체……?"

"사숙, 이게……."

독고천은 담담한 표정으로 이리저리 둘러보더니 고개를 끄덕였다.

"누군가 약을 썼나 보군."

독고천의 중얼거림에 진유환은 그저 고개를 끄덕일 수밖에 없었다.

이렇게 갑작스럽게 쓰러질 일은 있을 수가 없었다.

분명 이들이 전에 먹은 식사나 무언가에 약이 들어 있던 것이 분명했다.

그만큼 강호는 한 치 앞을 보지 못할 만큼 계략이 넘치는 곳이었다.

"우, 운이 좋군."

진유환이 한숨을 내쉬며 이마에 흐르는 식은땀을 닦아내렸다.

소향도 고개를 끄덕였다.

"다행이에요. 산적들의 적이 많나 보네요. 얼른 이곳을 떠나죠."

진유환과 소향은 하늘의 도움에 감사하며 급히 발걸음을 옮겼다.

그러나 그들은 미처 보지 못했다.

산적들의 목 뒤에 누군가 손가락을 한 번 누른 붉은 자
국이 생겼다가 없어진 것을.

＊　　　＊　　　＊

강서, 산동 그리고 하북을 지날 동안 특별한 일은 일어
나지 않았다.

많은 강호인들이 그곳을 지났던 탓인지 산적들은 코빼
기도 보이지 않았다.

그리고 모두들 강호인들에게 친절했다.

대부분의 강호인들은 대범했다.

언제 어떻게 죽을지 모르기에 대범할 수밖에 없는 것이
아닐까.

그러다 보니 상인들이 조금만 잘하면 돈을 곱절로 주는
강호인들은 손님 중의 손님이었다.

시끌벅적한 객잔 내에 어떤 사내가 들어서더니 다짜고
짜 외쳤다.

"이리 오너라."

모두들 멀뚱히 서서 바라만 보자 사내가 성을 냈다.

"지금 밖에 대금공자(大金公子)께서 납시었단 말이다!"

대금공자란 말에 객잔 내 중인들이 웅성거렸다. 그는
황금전장의 유일한 후계자였는데, 강호 전역을 돈으로 움
직인다 해도 과언이 아닐 정도였다.

그만큼 강호에서 손꼽히는 부자였고 돈을 물 쓰듯 쓰는 자 중 한 명이었다.

당연 객잔 주인은 눈썹이 휘날리도록 뛰어왔다.

"대, 대금공자께서 말씀이십니까?"

"그렇다. 당장 객잔 내부를 비우거라."

"예?"

갑자기 사내가 주머니 하나를 던졌다. 주머니를 건네받은 객잔 주인의 눈은 화등잔만큼 커졌다.

'화, 황금 십 냥!'

족히 십 년은 일해야 벌릴 돈이니 그것을 들고 있는 객잔 주인의 몸은 당연 부들부들 떨렸다.

사내가 인상을 찌푸렸다.

"어허, 당장 객잔을 비우지 못할까?"

"예예, 분부대로 합죠."

객잔 주인이 급히 객잔 내부를 살폈다.

다행히 강호인으로 보이는 자는 세 명뿐이었다.

다른 사람들은 돈까지 쥐어 주며 쫓아냈는데 강호인이 앉아 있는 탁자는 건들기 꺼림칙했다.

강호인들을 함부로 건들면 당장 목숨이 날아갈 수도 있는 법이었다.

하지만 황금 십 냥의 유혹은 강했다.

"저, 손님들."

진유환이 쳐다보자 객잔 주인이 마른침을 삼켰다.

분명 모든 상황을 보고 있었을 것인데, 마치 무슨 일이 나는 듯 쳐다보는 것을 보아 움직일 생각이 눈곱만큼도 없어 보였다.

"죄송하지만, 어떤 분이 객잔을 빌리셔서……."

"말씀하시오."

"자리를 비워 주실 수 있을까 해서……."

"그 대금공자라는 낯짝을 보고 일어나겠소."

"아, 아니……."

"안 일어난다는 것이 아니오. 그자의 낯짝을 본 후에 일어나겠다는 말이오."

"아, 그렇다면야……."

객잔 주인이 조심스럽게 뒷걸음질 치며 물러서더니 급히 대문을 나섰다.

그 뒷모습을 바라보는 진유환의 얼굴은 일그러져 있었다.

가뜩이나 강호에 의협이 많이 사라진 터에 겨우 돈 때문에 남의 권리를 이래라 저래라 한단 말인가.

'자신이 황제라도 되는 양 착각하는군.'

소향의 얼굴도 한층 굳어 있었다.

독고천은 가벼운 미소를 머금고 이리저리 두리번거리며 상황을 지켜볼 뿐이었다.

진유환이 쓴웃음을 지었다.

'무공도 별 볼일 없고 눈치 또한 없으니 천마신교 출신 이라는 것도 거짓일 수 있겠군.'

그러나 이야기 해 본 결과, 많이 친해지기도 했고 인간성이 그리 나쁘지는 않았기에 소향과 이어주기엔 괜찮다고 생각했다.

　　허풍이야 고치면 되니까 말이다.

　　자신 같아도 모르는 사람 앞에선 괜스레 허풍을 떨고 싶었을 것이었다.

　　그것을 이해 못하는 바가 아니었다.

　　아마 학사와 관련된 일을 해 왔을 것이고 시골에서 살아 잘 모르는 것이라고 긍정적으로 생각했다.

　　객잔 내로 사내들이 들어오더니 진유환과 눈을 마주치고는 다짜고짜 다가왔다.

　　"감히 대금공자님의 명을 어길 셈이냐?"

　　진유환의 눈썹이 꿈틀거렸다.

　　"명이라 하셨소?"

　　"그렇다. 꼴에 검을 찼다고 버티는 모양인데, 대금공자님의 아래로 일백 명 이상의 고수들이 있으니 허튼 생각을 하지 말거라. 당장 일어나면 용서해 줄 것이니 얼른 일어나도록 하여라."

　　사내의 광오한 말에 진유환의 인내심이 끊어졌다.

　　소향이 눈빛을 보냈다.

　　'제가 독고 대협을 지킬게요.'

　　진유환도 알았다는 듯 고개를 끄덕이며 벌떡 일어섰다.

　　"한 번 일백 명의 고수 좀 보도록 하지."

진유환의 검이 뽑히자 서늘한 검기가 사내들을 뒤덮기 시작했다.

사내들이 비웃었다.

"오냐, 벌주를 마시겠단 말이지. 쳐라!"

사내들의 신형이 곧바로 진유환을 덮쳤다.

진유환은 곧바로 소향과 독고천을 뒤로 밀쳐 내며 사내들의 검을 맞부딪쳤다.

채채챙!

날카로운 검명과 함께 사내들의 몸이 뒤로 밀렸다.

검을 휘두른 진유환의 인상은 한층 일그러져 있었다.

'어렵겠는데.'

척 보아도 삼류로 보았는데 의외로 합격진을 연습한 무리들이었다.

합격진 자체가 다수가 소수를 상대하기 위해 만들어진 것이라, 진유환은 애를 먹고 있었다.

다행히 몇 차례 검전이 지나자 사내들이 피를 토하며 뒤로 널브러졌다.

진유환은 온몸에 작은 검상을 입었지만 숨조차 헐떡이지 않았다.

"감히 어디서 명령을 하려 하는가. 강호는 자유로운 자들의 곳. 하찮은 재물 따위로 그들을 욕보이려 하지 마라."

진유환의 당당한 말에 사내들이 뒷걸음질쳤다.

그런데 순간 객잔 내로 황금빛 의복을 입은 청년과 그

뒤로 많은 사내들이 들어왔다.

황의청년의 얼굴은 살짝 일그러져 있어 야비한 인상을 줬는데, 다부진 체격을 가지고 있었다.

그 뒤에 대열해 있는 사내들은 하나같이 뛰어난 기도를 뿜내고 있었다.

그 모습에 진유환이 눈을 질끈 감았다.

'어찌해야 하나.'

물론 강호에 나왔을 때 예상했던 문제들이었다.

그러나 요녕에 도착하지도 못한 채 이런 커다란 문제들을 겪을 줄 몰랐다.

너무 자신의 무공에 자부했던 탓이기도 했다.

"강호엔 기인이사들이 모래알처럼 많으니 조심하도록 해라."

사부님의 말을 귓등으로 들은 것이 문제였다.

그러나 단순 돈만 많은 도련님들이 이렇게 많은 고수들을 보유하리라고는 상상치 못했다.

'나도 세상을 잘 알지 못했는데 남을 욕했구나.'

새삼 독고천을 무시하며 투덜거렸던 자신이 창피했다.

소향도 그 분위기를 읽었는지 난처한 표정으로 진유환의 옆으로 다가왔다.

'사숙.'

'어찌 해야겠느냐.'

그런데 그때, 황의청년이 성큼성큼 다가왔다.

진유환은 긴장하며 검병을 움켜쥐었지만 황의청년에게
선 살의조차 보이지 않았다.

"허허, 미안하구려. 내 욕심에 의해 이렇게 피를 볼 줄
이야."

황의청년의 반응에 진유환이 어리둥절한 듯 고개를 갸
웃거렸다.

"이게 다 오해요. 내가 사실 시끄러운 곳에서 소화를
잘 시키지 못하는 편이라 객잔을 빌리려 했는데 본의 치
않게 손님들을 내쫓고 말았구려. 합석해도 되겠소?"

황의청년이 사람 좋은 미소를 지어오며 정중히 말했
다.

진유환은 잠시 그의 눈치를 보다가 싸움으로 번지는 것
보단 나을 것 같아 고개를 끄덕였다.

"좋소."

어느새 자리에 앉은 황의청년이 손가락으로 의자를 가
리켰다.

"얼른 앉으시오. 이보게. 객잔에서 가장 맛있는 것으로
가져오게."

"예예."

점소이가 주문을 받고 사라지자 진유환과 소향 그리고
독고천은 의자에 앉았다.

황의청년이 씨익 웃었다.

"본인은 박성(朴誠)이라 하고 중인들은 나를 대금공자라 부른다오."

"소향이에요."

"진유환이오."

독고천은 아무 말 없이 박성을 바라보았다.

그러자 박성이 빙긋 웃었다.

"이름을 밝히고 싶지 않으면 안 밝히셔도 되오. 나는 그렇게 속 좁은 놈이 아니오. 허허."

박성이 호탕한 웃음을 터트렸다.

그 모습에 소향과 진유환은 긴장을 살짝 풀었다.

독고천은 담담한 표정을 지은 채 차를 홀짝였다.

"다들 어디 가시는 길이오?"

"요녕으로 가는 중이오."

"혹시 뇌전검?"

"그렇소."

진유환이 고개를 끄덕이자 박성도 동의하듯 고개를 주억거렸다.

"본인도 사실 뇌전검을 보러 가오. 뭐, 보지는 못해도 그냥 궁금해서 가던 차요. 같이 동행을 제안하고 싶은데, 어떻소?"

진유환이 슬쩍 소향과 독고천의 눈치를 살폈다.

소문만큼 악독하기는커녕 오히려 점잖고 정중했다.

역시 소문이란 것은 믿을 것이 못 된다는 말은 사실이

었다.

소향은 괜찮다는 듯 고개를 끄덕였고 독고천은 담담한 표정을 지을 뿐이었다.

진유환은 어느새 동행의 대표가 되어 있었다.

사실 독고천이 나이는 더 많아 보였지만 무공이 가장 떨어지니 있으나 마나였다.

"좋소, 요녕까지 동행하겠소."

"하하, 잘 부탁드리오."

박성이 고개를 정중히 숙였다.

진유환과 소향은 만족한 미소를 지으며 마주 포권했다.

그러나 그들은 보지 못했다.

고개를 숙일 때 잠시 번뜩였던 박성의 눈빛을.

*   *   *

요녕까지 다다를 동안 별다른 일은 없었다.

박성의 마차는 거대하고 위용이 넘쳐 산적들이 쉽사리 덤벼들지 못했다.

평상시 요녕은 사람의 발길이 많이 닿지 않는 땅이었다.

그러나 요즘은 달랐다.

사람들이 북적이고 많은 보따리장수들이 한몫 잡기 위해 자리를 폈으며 이곳저곳에서 사소한 다툼이 벌어졌다.

이것이 다 뇌전검이라는 신물 하나 때문이었다.

"거의 다 도착했습니다, 공자님."

마부의 말에 박성이 만족한 듯 고개를 끄덕이며 마차 문을 벌컥 열었다.

"흠, 여기가 요녕이란 말이지."

박성이 내리고 그 뒤로 진유환과 소향 그리고 독고천이 내렸다.

잠시 두리번거리던 박성이 한쪽을 가리켰다.

"아마 저쪽에 뇌전검이 있다고 소문난 안산(顔山)이 있을 것이오."

박성의 말에 진유환이 탄성을 내질렀다.

"공자께서는 그걸 어찌 아시오?"

"내 이 힘 좀 빌렸소."

박성이 피식 웃으며 자신의 주머니를 가리켰다. 그러자 진유환도 마주 웃었다.

"돈의 힘이 대단하구려."

"암암, 돈이면 모든 것을 가질 수 있소."

자부심이 가득한 박성의 말에 진유환은 살짝 인상을 찌푸렸지만 곧바로 미소를 지었다.

"그럴 수도 있겠소."

"그럴 수도 있다니? 돈이야말로 모든 것을 가질 수 있다니까. 집이고 밥이고 옷이고, 다 돈으로 살 수 있는 것이오."

"돈으로 살 수 없는 것도 있소."

"그게 무엇이오?"

박성이 같잖다는 듯 되묻자 진유환의 표정이 일그러졌다.

"돈으로 재능이나 사랑 등은 살 수 없소."

"재능? 사랑? 하하하."

박성이 광소를 터트렸다.

"재능이 없으면 재능이 있는 사람을 돈으로 사면 되오. 그들은 곧 내 수족이지."

박성이 호위무사들을 둘러보았다.

"사랑? 그딴 것을 믿소? 어차피 세월이 지나면 멀어지고 식는 것이 사랑이오. 돈만 많으면 여자들을 살 수 있고, 여자들에게서 나오는 존경이야말로 돈에서 나오는 것이지."

박성의 말이 끝나자 그 누구도 웃음을 짓는 사람은 없었다.

특히 소향의 얼굴은 바위처럼 딱딱해져 있었다.

'사숙, 여기까지 왔으니 따로 다니죠.'

'그래, 그것이 낫겠구나.'

진유환도 기분이 언짢아 곧바로 동의했다.

"박 공자, 요녕에 도착했으니 이제 각자 행동하는 것이 서로에게 좋을 듯하오만."

"암암, 마음대로 하시오."

박성은 크게 신경 쓰지 않는다는 듯 손을 휘젓더니 이

내 호위무사들을 대동하고 모습을 감췄다.

진유환이 침을 뱉었다.

"돈은 무슨."

진유환은 검각에서 자라 온 인물.

특히 명예와 의협을 중요시하는 검각에서 돈이라는 개념은 천시받기 충분했다.

소향도 못마땅한지 침을 뱉었다.

"돈은 무슨."

현재 사랑을 좇는 여인으로서 돈으로 사랑을 산다는 말은 모욕과도 같았다.

두 명이 각자 침을 뱉으며 투덜거리는 모습을 지켜보던 독고천이 피식 웃었다.

'순수하군.'

한참 동안 씩씩거리던 진유환이 정신을 차린 듯 한쪽을 가리켰다.

"우리도 안산으로 가 보자."

"예, 독고 대협. 가요."

소향이 독고천에게 환한 미소를 지으며 소매를 잡아끌었다.

第六章
안산진입(岸山進入)

안산에 도착하자 많은 사람들이 북적이고 있었는데, 안산 입구에 누군가 서 있었다.

"조용히 하라 했소!"

청의를 입은 사내에게서 거친 기세가 흘러나오고 있었다.

흉험한 기세에 사람들이 문뜩 입을 다물었다.

"좋소, 내가 하고 싶은 말은 이거요. 나는 그깟 검 때문에 이곳에 온 것이 아니오. 나는 그 검 때문에 혼란이 일어날 것을 방지하고자 이렇게 길을 막고 서 있는 것이오."

청의사내가 말을 이었다.

"본 방이 지금 안산 곳곳을 샅샅이 뒤지는 중이오. 그

리고 검을 찾게 되면 본 방이 관리를 하며 그 누구도 악용
하지 못하도록 할 것이오."

"그게 무슨 개소리야. 결국 검을 찾으면 네놈들이 검을
갖겠다는 소리잖아!"

한 명의 성난 외침에 세인들이 동의하며 웅성거리고 있
었다.

그러자 청의사내의 의복이 내력에 의해 거칠게 펄럭이
기 시작했다.

파르르!

"감히 본 방을 무시하는 것이오? 본 방은 청룡방(靑龍
幇)이오!"

청룡방!

하남에서 급격하게 성장하고 있는 문파 중 하나였다.

방주인 청룡무제(靑龍武帝)를 중심으로 하남을 거쳐 하
북까지 세력을 넓히는 대문파였다.

특히 사람 수가 족히 일만은 넘어 개방과도 맞먹을 정
도로 많은 인원수를 자랑하고 있어 다른 문파들도 쉽사리
시비를 걸지 못하는 문파였다.

청룡방이라는 말에 세인들의 웅성거림이 더욱 커지기
시작했다.

아니나 다를까.

청의사내 양쪽으로 숨어 있던 무사들이 모습을 드러내
기 시작했다.

그 수가 족히 수백여 명은 넘을 것 같았는데 그들은 엄청난 위압감을 풍기고 있었다.

세인들은 찍 소리도 못 낸 채 그들의 눈치를 보고 있었다.

그런데 그때였다.

"하하하, 감히 청룡방 무리 따위가 뇌전검의 주인이 될 것 같더냐."

청의사내가 화를 내며 음성의 주인을 찾았다.

음성의 주인은 백의를 입고, 마치 서생과도 같이 얄팍한 몸매를 지니고 있었다.

허리춤에 매여져 있는 연검은 자줏빛을 흘리고 있었다.

그 모습에 한 명이 경악하며 외쳤다.

"무각연검(無角聯劍)이다! 백호방(白虎幇)이다!"

하남에 청룡방이 있으면 하북엔 백호방이 있다!

백호방은 청룡방보다 십 년 먼저 생겨난 문파로서 본래 하북의 지배자였다.

그러나 청룡방이 급격한 기세를 타고 하북마저 노려 오자 철천지원수가 되어 버리고 말았다.

무각연검은 어떠한 각도라도 검을 찌를 수 있는 연검의 고수였다.

특히 하북에서 명성을 떨치고 있었는데, 성격 또한 매서운 것이라 모두들 설설 피하는 고수였다.

무각연검의 등장에 청의사내의 안색이 바뀌었다.

비록 청룡방의 수가 많긴 하지만 백호방의 고수들은 만만치 않았다.

"네놈은 뭔 일로 여길 왔느냐!"

청의사내의 외침에 무각연검이 피식 웃었다.

"무슨 일이긴. 너희랑 같은 목적으로 왔다. 아니, 우리는 너희들처럼 가식은 떨지 않는다. 뇌전검을 얻으러 왔다!"

그 말과 동시에 무각연검 뒤로 백호방의 무사들이 나타났다.

족히 수백여 명은 넘었다.

당장이라도 둘의 세력은 서로 달려들 것 같이 날카로운 눈으로 노려보고 있었다.

정적이 흘렀다.

세인들은 불똥이 튈까 슬그머니 옆으로 비켜서고 있었다. 청룡방과 백호방의 무사들의 기세가 서서히 커져 갔다.

일촉즉발의 위기.

그런데 그 순간 언덕에서 발이 구르는 소리가 들렸다.

쿵! 쿵!

모든 사람들의 시선이 언덕으로 쏠렸다.

푸른 깃발이 서서히 모습을 드러냈다.

강호무림(江湖武林)!

"가, 강호무림맹이다!"

모두들 경악하며 천천히 다가오는 강호무림맹 무사들을 바라보았다.

그들의 움직임은 절도가 있었다.

한 발자국 걸을 때마다 그들의 검이 허공을 갈랐고 엄청난 기세가 흘러나왔다.

강호무림맹 무리의 가장 앞에는 적의중년인이 있었는데, 마치 맹호와도 같은 날카로운 눈매를 지니고 있었다.

"저, 적호맹검(赤虎猛劍)이다! 강호무림맹 부맹주다!"

적호맹검 곽검지(藿瞼知)!

그는 강호무림맹 부맹주로서 매서운 검술의 소유자로 유명했다.

특히 항상 피처럼 붉은 적의를 입고 다니고 맹호처럼 무서운 눈매는 그의 성질을 잘 나타내 주고 있었다.

곽검지가 청룡방과 백호방 중앙에 멈춰 섰다.

날카로운 눈매로 양옆을 훑던 곽검지가 헛기침을 했다.

"험험."

순간, 먼지가 휘날렸다.

휘이잉!

"안녕하시오? 본인은 강호무림맹의 부맹주를 맡고 있는 곽검지외다."

곽검지의 정중한 말에 세인들이 경외 가득한 시선을 날렸다.

그것도 그럴 것이, 정의를 외치는 사람들 중 위선적인 자들이 많았다.

하지만 곽검지는 손수 의와 협을 내세우며 실천하는 몇 안 되는 인물!

당연히 세인들은 곽검지에게 쏠릴 수밖에 없었다.

"곽검지! 곽검지!"

세인들의 흥분된 외침에 청룡방과 백호방의 무사들의 표정이 굳어졌다.

"본 맹은 뇌전검을 찾으러 왔소. 하지만 찾는다고 쓰는 것이 아니라, 강호무림의 혼란을 방지하기 위해 찾는 즉시 파괴하기 위해 이렇게 본인과 무사들이 직접 발걸음을 한 것이오."

곽검지가 파괴라는 말을 특히 강조하자 세인들이 환호성을 내질렀다.

"역시 의협이 넘치는 분!"

"정의를 아는 강호무림맹이다!"

세인들의 외침에 곽검지가 만족한 듯 씨익 웃었다.

청룡방과 백호방의 무사들의 얼굴은 점점 벌레 씹은 표정으로 바뀌어 갔다.

거대한 세 세력이 대치하며 서로 눈치를 보고 있었다.

한 세력만 까닥 잘못 나서면 전쟁으로까지 이어질 수 있는 상황.

조용히 그것을 지켜보던 곽검지가 나섰다.

"이렇게 합시다. 각자 대표 한 명에 무사 두 명씩을 뽑아서 안산으로 들어서는 것이오. 쓸데없는 세력 다툼을 할 필요도 없고. 어떻소?"

"좋군!"

"좋소이다."

모두들 동의하며 한 명씩 대표를 내세웠다.

백호방에선 무각연검이 나섰고 청룡방에선 청의검객(靑衣劍客)이 나섰다.

강호무림맹에선 당연히 곽검지가 나섰다.

다른 중소 문파들은 감히 나서지도 못하고 구파일방 등 다른 문파들은 이미 강호무림맹과 협약을 맺은 상태였기에 나서지 않았다.

그런데 그때, 진유환이 번쩍 손을 들었다.

세인들의 시선이 꽂혔다.

"본인은 검각의 진유환이오."

검각이란 소리에 모두들 잠시 고개를 갸웃거렸다.

그러다 문득 실종된 절대삼인 중 한 명인 검신이 검각 출신이라는 것을 깨달았다.

"검신!"

"검신의 검각이다!"

모두들 탄성을 내질렀다.

잊혔던 문파가 다시 강호에 나온 것이다.

거기다 강호인들의 우상이었던 검신의 문파이니 더더욱

환호성이 클 수밖에 없었다.

검각 소속의 무사가 나타나자 청룡방, 백호방을 비롯한 강호무림맹의 표정이 좋지 않았다.

검각은 강호무림맹에 속한 문파가 아니었기에 함부로 할 수 없었고, 명성이 낮긴 하지만 명문이기에 내칠 수도 없었다.

"오, 진 소협. 검각의 어르신들은 잘 계시오?"

곽검지가 선수 치며 자상하게 물어 왔다.

진유환이 정중히 포권했다.

"예, 덕분이 잘 지내십니다."

"허허, 다행이오. 검신 어르신께서 실종되신 후 얼마나 낙심하셨소이까."

"어쩔 수 없는 것 아니겠습니까. 하여튼 다름이 아니라 본 각의 명을 받고 저희도 이렇게 왔는데 같이 들어가도 될런지요?"

진유환이 대놓고 말하자 함부로 거절을 할 수 없었다.

그만큼 검각의 이름은 여전히 높았다.

"허허, 당연히 되오. 그렇지 않소?"

곽검지가 무각연검과 청의검객을 쳐다보며 묻자, 그들의 얼굴에 떠올랐던 못마땅한 표정이 금세 지워졌다.

"암, 좋소."

"본 방도 찬성이오. 검각 같은 명문이라면야."

그렇게 총 열두 명의 인물이 안산 안으로 진입하게 되

었다.

*　　　*　　　*

안산 초입에 들어간 후 일각여 정도 흘렀을까.

그들의 시야에 동굴 하나가 들어왔다.

동굴 밖에는 처참하게 변한 시체들이 널브러져 있었다.

"이, 이게 도대체?"

무사들이 놀라며 시체들을 살폈다.

시체들의 머리는 없었고 몸은 피가 몽땅 빨려 나가기라도 한 듯 홀쭉했다.

의복은 난도질이라도 당한 듯 해지고 온몸은 상처투성이였다.

까마귀들이 파먹은 시체들에게서 퍼져 나오는 피비린내가 진동했다.

동굴 옆에는 비석 하나가 세워져 있었다.

유욕필사(有慾必死).

욕심이 있는 자, 반드시 죽으리라.

살벌한 비석의 문구에 무사들이 마른침을 삼켰다.

선두에 선 채 잠시 침묵을 지키던 곽검지가 손을 휘저

었다.

"다들 걱정하지 마시오. 이것은 단순 협박이오. 뇌전검을 찾으러 미리 들어간 어떤 무리들이 이런 짓을 해 놓은 것이라 생각되오. 공포로 쉽사리 들어오지 못하게 하는 것이겠지."

곽검지의 말에 무사들이 고개를 끄덕이며 동의를 표했다.

호탕한 말을 내뱉은 곽검지가 성큼성큼 동굴 안으로 들어갔다.

곽검지의 뒤를 쫓아 무사 두 명이 급히 들어갔다.

이에 질세라 무각연검과 청의검객마저 들어가 버렸다.

진유환이 슬쩍 뒤를 바라보았다.

소향은 시체를 보고 한층 겁을 먹었는지 부들부들 떨고 있었다.

"향아, 너는 이곳에 있거라."

"하지만 사숙……!"

진유환의 진지한 눈빛을 읽은 소향은 입을 다물고는 고개를 숙였다.

"독고 대협도 여기에 있으시오."

무공이 낮은 독고천이 들어간다면 죽을 것이 빤했다.

아는 사람이 개죽음을 당하게 놔둘 순 없었다.

그러나 독고천은 어깨를 들썩였다.

"죽어도 내가 죽으니 걱정 말게나."

그 말을 끝으로 거침없이 동굴 안으로 들어가는 것이 아닌가.

뒷모습을 바라보던 진유환이 한숨을 내쉬며 고개를 설레설레 내저었다.

'휴우.'

"소향아, 여기에서 기다리거라."

"예."

소향을 버려두고 진유환은 동굴 안으로 모습을 감췄다.

홀로 남은 소향은 근처를 두리번거리다 나무를 발견하고는 나무 위로 가볍게 몸을 날렸다.

그렇게 서서히 날이 저물었다.

*   *   *

동굴 안은 의외로 밝았다.

곽검지가 들어서자 동굴 안이 확, 하고 밝아졌다.

마치 누군가 안배해 놓은 듯 야명주가 박혀 있었다.

야명주는 어둠 속에서도 절로 빛이 나는 희대의 신물인데 값이 제법 나갔다.

많은 사람들이 그것을 노리고 가져가려 했던 듯 야명주 근처에는 많은 상처들이 있었다.

하지만 상처 부근에 핏자국들이 묻어 있는 것을 보아 해코지를 당한 것 같았다.

곽검지는 예리한 눈으로 이곳저곳을 살폈다.

모두 성한 곳이 없었다.

피비린내도 아직 고약했고 주변에 떨어진 살점들이 보였다.

"정말 끔찍하구려."

곽검지가 고개를 설레설레 내저으며 한숨을 내쉬었다.

무각연검과 청의검객도 그에 동조하듯 이리저리 살폈다.

진유환은 연신 독고천을 살폈다.

가뜩이나 무공도 낮은데 용기만 가상하니 짐이었다.

"독고 대협, 괜찮으시오?"

"괜찮네."

특이하게도 독고천은 익숙하게 동굴을 잘 걸어가고 있었다.

동굴 바닥은 종유석들이 올라와 있어 걷기가 영 편치 않았는데 독고천은 자유자재로 종유석들을 피하고 있었다.

그런데 어느 정도 걸었을까.

갑자기 곽검지가 걸음을 멈추고는 굳은 표정을 지었다.

"곽 대협, 무슨 일이십니까?"

청의검객이 정중히 묻자 곽검지가 한쪽을 가리켰다.

"분명 내가 아까 눈여겨보았던 흠집이 있었다네. 그런데 그 흠집이 두 번째 다시 보이는 게 아니겠나. 그 말인즉슨, 우리는 진법에 빠졌다는 것이네."

진법이라는 말에 모두들 표정이 굳었다.

생문을 모르고 함부로 건드렸다가는 평생 진법에 갇히는 신세!

다행히 살상진은 아닌 듯싶었지만 보통 환술진일수록 더더욱 복잡한 것이 많기에 무사들의 표정은 어두워져 갔다.

조용히 바닥과 동굴 벽을 살피던 곽검지의 표정이 환해졌다.

"생문을 찾은 듯하이."

갑자기 곽검지가 검으로 벽면 구석을 찔러 넣었다.

푸욱!

동굴 벽면이 무너지기 시작했지만 신기하게도 무사들에게 피해를 주는 것은 없었다.

마치 먼지처럼 벽면이 증발해 버리고 만 것이다.

곽검지가 뿌듯한 표정을 지으며 발걸음을 옮겼다.

무사들이 역시, 라는 표정을 지으며 뒤를 쫓았다.

청의검객과 무각연검은 못마땅한 표정을 지었지만 어쩔 수 없기에 묵묵히 뒤쫓았다.

그러나 가장 뒤에 서 있던 진유환은 고개를 갸웃거렸다.

"무언가 이상한데. 이렇게 쉽사리 진법이 파훼될 리 없다. 많은 수의 무림인들이 분명 먼저 동굴에 발을 딛었을 것이고 피비린내와 살점을 보아 하니 최근에 당한 것이다. 그중에 과연 곽검지만큼의 고수가 없었을까?"

그랬다.

강호무림맹의 부맹주는 열 명이었다.

각자 단을 맡고 있었는데 맹주와 비교하자면 한참 떨어지는 무위를 지니고 있었다.

그만큼 부맹주 급의 무위를 지닌 자는 많을 것이었다.

그런데 그들이 찾아내질 못한 것을 이리 쉽사리 찾았다고 보기엔 무언가 석연찮은 점이 많았다.

진유환이 고개를 갸웃거릴 무렵.

갑자기 동굴 앞쪽이 무너져 내렸다.

곽검지는 놀라며 급히 신형을 날렸다.

쿠아아앙!

순식간에 곽검지는 본 일행과 격리가 되어 버리고 말았다.

곽검지의 호위무사들은 당황하며 벽을 두들겨 보기도 했지만 잠잠했다.

진유환이 한숨을 내쉬었다.

"역시나군."

청의검객과 무각연검은 경쟁자가 없어지자 내심 기분이 좋은 듯했다.

그것도 그럴 것이, 강호무림맹은 거의 강호를 대표하는 세력!

구파일방을 비롯한 많은 문파들이 뒤에 있는 한, 뇌전검을 얻게 되더라도 강호무림맹에 빼앗길 것이 빤했다.

　그러나 그러한 강력한 경쟁자가 없어진 것이다.

　뭐, 검각의 애송이는 내버려 둔다 치고.

　"험험, 이거 곽 대협께서 없어졌으니 어쩌나. 자네들은 곽 대협을 찾는 데 집중하게. 우리는 생문을 찾아보겠네."

　"옛!"

　강호무림맹 무사들도 그들의 속셈을 모르는 바가 아니었으나 상관을 찾는 것이 먼저였다.

　순식간에 일행의 수는 열한 명에서 여덟 명으로 줄고 말았다.

*　　*　　*

　곽검지가 사라지자 청의검객과 무각연검은 의외로 투합하기 시작했다.

　그들도 각자 놀면 살아날 확률이 적은 것을 눈치챈 모양이었다.

　"이건 어떤가?"

　청의검객의 물음에 무각연검이 고개를 내저었다.

　"그건 함정이네. 척 보아도 이쪽과 연결되어 있는 고리가 보이지 않나. 이건 어떤가?"

"흠, 그것도 애매하군."

둘이서 연신 갑론을박하며 생문을 찾고 있을 무렵, 진유환은 다른 것을 보고 있었다.

'생문이라……'

이리저리 둘러보았고 생문으로 추측되는 것만 해도 여덟 개가 나왔다.

그 말은 추측되는 생문들이 모두 가짜일 수도 있단 소리였다.

'생문이 이렇게 쉽게 찾아질 리 없다. 보통 사문을 앞에 배치해 놓고 생문은 단 하나만 만드는 것이 진리…….
아니지. 그게 아니야…….'

잠시 고민하듯 한숨을 내쉬던 진유환이 갑자기 무릎을 탁 쳤다.

'그거다! 아직 우리는 진법이 있는 것이 아니다! 우리는 진법들을 건드리고 있었던 것이야!'

진유환이 급히 이리저리 살폈다.

아니나 다를까.

생문으로 보았던 것은 모두 진법을 진동하는 장치들이었다.

진법으로 들어온 것처럼 착각하게 동굴 자체를 만들어 놓은 것이다.

즉, 진법의 장치만 건드리지 않고 꾸준히 나아간다면 상관없다는 말이었다.

생각을 마친 진유환이 벌떡 일어서며 독고천을 이끌었다.

진유환이 성큼성큼 동굴을 걸어가자 청의검객이 급히 말렸다.

"이보게, 저곳은 사문이네. 그곳으로 가게 되면 죽을 수도……."

그러나 진유환은 아랑곳하지 않고 발을 내딛었다.

놀랍게도 아무런 일도 일어나지 않았다.

진유환이 씨익 웃었다.

"선배님들, 이곳은 진법이 아니었습니다. 진법으로 착각하도록 동굴을 그렇게 만들어 놓은 것이지요. 즉, 선배님들이 찾으신 생문들은 모두 진법을 발동하는 장치였습니다."

진유환의 말에 청의검객과 무각연검은 무언가에 맞은 듯 멍한 표정을 지었다.

잠시 지나자 그들도 그것을 깨달아 고개를 주억거렸지만 까마득한 후배가 자신들을 제쳤다는 생각에 표정은 썩 좋지 못했다.

"허, 험. 나도 그쯤은 알고 있었네."

무각연검이 무안한 듯 말하자 청의검객도 동의하며 고개를 끄덕였다.

독고천은 진유환의 거침없는 모습에 피식 웃고 말았다.

그러자 무각연검과 청의검객이 찌릿하며 독고천을 노려

보았다.

척 보아도 진유환의 호위무사 정도로 보이는데 감히 그 정도 배분으로 어찌 자신들을 비웃느냐는 말이었다.

그러나 독고천은 빙긋 가벼운 미소를 짓고는 진유환의 뒤를 쫓았다.

무각연검과 청의검객이 서로를 쳐다보며 멍한 표정을 지었다.

'저놈 뭐야?'

                    *   *   *

진유환은 나이답지 않게 침착한 모습을 보이며 함정들을 뛰어넘었다.

교묘한 함정은 아니었지만 까닥 한 번 실수하면 목숨을 잃을 수도 있는 함정이었다.

"대단하군."

독고천이 순수하게 감탄하며 진유환을 뒤쫓자 앞장서던 진유환이 쑥스러운 듯 뒤통수를 긁었다.

"본 각에서는 검술뿐만 아니라 많은 것을 중점에 두고 배우는 편이오. 아직 독고 대협은 강호를 많이 겪어보지 않아서 모르겠지만, 강호는 말 그대로 기인이사들이 모래알처럼 많은 곳이오. 그러니 모든 것을 유심히 봐야 하오."

진유환의 말에 독고천이 고개를 끄덕였다.

"다른 건 몰라도 기인이사가 모래알처럼 많은 것은 맞지."

"맞소. 하하."

진유환은 호탕하게 웃으며 거침없이 앞장서 갔다.

'다들 한가락 한다고 해 봤자 별거 아니군.'

진유환이 슬쩍 뒤를 흘겼다.

청의검객과 무각연검은 아직까지 저 멀리서 수색을 하며 천천히 오고 있었다.

그곳은 이미 진유환이 한 번 탐색한 곳이었다.

'요즘 같은 세상에 무공 하나만 믿고 설치다간 죽기 딱 좋지.'

괜스레 노련한 노강호라도 된 듯 진유환은 뿌듯함을 느꼈다.

"그런데 뇌전검은 얻어서 뭐하려고 하나?"

뜬금없는 독고천의 물음에 상상에 잠겨 있던 진유환이 놀라며 되물었다.

"뭐라고 하셨소?"

"뇌전검을 얻으면 어쩔 것이냐고 물었네."

"전에 말했지 않소이까. 뇌전검은 강호의 평화를 해치는 신외지물. 파괴할 것이오."

"그게 가능할까?"

독고천의 뜬구름 잡는 듯한 질문에 진유환이 고개를 갸

웃거렸다.

"그게 무슨 의미요?"

"뇌전검이 실재한다면 과연 자네가 그 유혹을 참아 낼 수 있냔 소리지."

독고천의 비아냥거리는 말투에 진유환의 표정이 일그러졌다.

지금껏 그래도 나이와 소향을 생각하여 봐주었건만 기어올라도 한참 기어오르는 것이다.

아무리 뭐가 좋다 해도 결국 무공으로 모든 것을 평가받는 강호라는 안에서 나이 따위는 한 수 접어야 할 성질의 것에 불과했다.

"독고 대협, 본인은 검각 출신이오. 명문이 아니면 쉽사리 명문에 속한 이들을 판단할 수 없을 것이오. 이해하오."

"천마신교가 명문이 아니란 소리인가?"

아차, 싶었다.

"아, 아니 그건 아니고. 귀하가 정말 천마신교의 소속인지는 모르는 것이지 않소?"

결국 진유환이 자신의 의문점을 말하자 독고천이 고개를 끄덕이며 이죽였다.

"그렇다면 자네가 검각 소속인지 아닌지는 아무도 모르는 것이겠군."

"그건 다르오."

"뭐가 어찌 다르지?"

진유환은 꿀 먹은 벙어리처럼 아무 말도 하지 못했다.

분명 자신에게는 검각 소속을 증명할 수 있는 명패가 있다.

그러나 그것을 보여 주어 봤자 상대방이 못 알아보면 끝이다.

즉, 독고천이 천마신교의 명패를 보여 준다 해도 자신이 인정하지 않으면 그걸로 끝이지 않는가.

독고천이 피식 웃었다.

"자네, 생각이 많은 것은 좋지만 아집에서 나와야 할 때가 왔군. 그 아집을 깼을 때 새로운 세계가 열릴 걸세."

그 말을 끝으로 독고천이 성큼성큼 동굴 안으로 걸어갔다.

너무나도 순식간에 일어난 일이라 독고천을 뒤쫓지도 못했다.

그리고 독고천은 마치 증발하듯 모습을 감췄다.

"독고 대협?"

진유환이 어처구니없어 주위를 두리번거렸다.

그러나 독고천의 모습은 그 어디에서도 찾을 수 없었다.

독고천을 찾기 위해 동굴 안으로 들어가던 진유환의 몸이 순간 아래로 쑤욱 꺼졌다.

"헉!"

그제야 함정이라 깨달았지만 이미 늦고 말았다.

"으아악!"

한참 아래로 떨어지던 진유환이 엉덩방아를 찧으며 인상을 찌푸렸다.

"으으, 함정일 줄이야."

진유환이 고개를 들었을 때 진유환을 반기는 것은 열 개의 석상이었다.

석상의 손에는 각자 다른 종류의 병장기들이 쥐어져 있었는데, 당장에라도 살아 움직일 것처럼 생생한 표정을 짓고 있었다.

꿀꺽.

"서, 설마 직접 움직이진 않겠지?"

말이 씨가 되고 말았다.

드르륵!

석상들이 움찔거리기 시작하더니 이내 꿈틀거리며 이리저리 움직였다.

우두둑!

뼈가 맞춰지는 소리와 함께 석상들의 눈이 푸른빛으로 빛났다.

번쩍.

진유환이 마른침을 삼키며 검을 뽑았다.

스릉!

"말이 씨가 되는구나, 젠장."

석상들이 진유환에게 덤벼들었다.

진유환이 가장 가까이 있는 석상의 머리통을 내려쳤다.

까앙!

오히려 진유환이 검이 튕겨 나며 뒤로 물러섰다.

"보통 돌이 아닌데?"

당황하던 진유환이 보법을 밟으며 이리저리 살폈다.

아마 예전이었다면 곧바로 석상들에게 덤벼들었을지도
몰랐다.

하지만 그는 성장했다.

이리저리 돌아다니며 석상의 약점을 찾고 있었다.

그 순간 진유환의 눈이 빛났다.

'그러면 그렇지!'

석상들의 옆구리 쪽에 살짝 작은 흠집이 나 있었는데
모두들 같은 곳에 있었다.

즉, 무언가 있다는 소리였다.

"좋아!"

진유환이 크게 숨을 몰아쉬더니 신형을 날렸다.

파앗!

석상들의 공격을 힘겹게 피한 진유환의 검극이 석상의
옆구리에 꽂혔다.

아니나 다를까.

파직!

둔탁한 소리와 함께 석상 하나가 말 그대로 가루로 화했다.

씨익.

진유환이 짙은 미소를 지으며 곧바로 다른 석상들의 옆구리를 때렸다.

타타탁!

무시무시했던 석상들은 순식간에 가루로 화했고 진유환은 자신만만한 표정으로 우뚝 서 있었다.

어느새 강호의 노련한 노강호라도 된 듯.

기분이 우쭐했다.

"험험."

홀로 헛기침을 하던 진유환의 시선에 무언가 반짝이는 것이 잡혔다.

반짝이는 그곳에는 하나의 검이 바위 위에 놓여 있었는데 금빛으로 연신 번뜩이고 있었다.

"서, 설마……."

뇌전검(雷電劍).

휘황찬란한 금빛 검 옆에는 사라졌던 독고천이 어느새 서 있었다.

"어떤가. 뇌전검이 실재한 것을 본 소감이?"

진유환은 아무 말도 하지 못했다.

이게 꿈인지 생시인지 자신의 뺨을 꼬집어 보았지만 현실이 분명했다.

"나는 이런 검 따위 필요하지 않네. 자네는 필요한가?"

진유환이 멍하니 뇌전검을 바라보았다.

마치 아름다운 절세의 여인이 유혹하는 것처럼 뇌전검이 손을 흔들어 오는 것 같았다.

꽃향기가 물씬 풍겼고 어디선가 모를 바람이 휘날리며 진유환의 의복을 펄럭였다.

꿀꺽.

마른침이 절로 삼켜졌다.

진유환의 손이 부들부들 떨리더니 어느 순간 뇌전검의 검병 앞까지 다가갔다.

갑자기 진유환이 입술을 깨물었다.

빠직!

선혈이 흐르며 진유환의 상의를 적셨다.

진유환의 손 떨림이 잦아들더니 이내 멎었다.

소매로 입가를 닦으며 진유환이 씨익 웃었다.

"나도 필요 없소."

그런데 그때였다.

어디서 나타났는지 모를 금빛 사내가 나타났다.

대금공자 박성이었다.

"나는 필요하다네."

박성이 씨익 웃으며 서서히 뇌전검 앞으로 다가갔다.

빛나는 뇌전검을 탐욕스러운 눈으로 쳐다보던 박성이 문득 독고천을 올려다보았다.

"자네가 뇌전검의 주인을 판단한다는 뇌전검주(雷電劍
主)요?"

독고천은 묵묵히 박성을 쳐다보았다.

"역시! 심상치 않았다 했지. 저 애송이 놈은 당신을 알
아보지 못했지만 나는 당신의 존재를 눈치채고 있었소.
어떻소? 내가 뇌전검의 주인으로서 자격이 되오?"

독고천이 피식 웃었다.

"한낱 신외지물 따위에 주인을 정할 필요까지 있는가.
원하면 가지면 되는 것이지."

독고천의 말에 박성이 갑자기 뇌전검의 검병을 움켜쥐
었다.

그와 동시에 벽력이 터졌다.

콰앙!

피어올랐던 연기가 서서히 가라앉으며 뇌전검을 쥐고
있는 박성의 모습이 나타났다.

놀랍게도 박성의 온몸은 불로 탄 듯 시커멓게 변해 있
었다.

그리고 이내 재가 되어 무너졌다.

푸스스!

독고천이 바닥에 떨어진 뇌전검을 주워들었다.

"이 검을 원하는가?"

멍하니 서 있던 진유환이 힘겹게 고개를 내저었다.

너무나도 충격적이었다.

분명 아무것도 아닌 빈털터리에 허풍쟁이라고 생각했던 독고천의 모습이 아니었다.

하나의 태산처럼 높고 해일처럼 거친 독고천의 모습이 진유환을 짓눌러 오고 있었다.

독고천이 뇌전검을 이리저리 훑어보더니 씨익 웃었다.

"나의 이름은 독고천. 자네의 선배에게 가르침을 받은 자 중 한 명이네. 이렇게 자네가 이곳에 온 것도 하나의 운명이겠지. 자네에게 한 가지 일러 주겠네."

갑자기 뇌전검의 검신이 불타오르기 시작했다.

화르르!

불꽃은 거침없이 뇌전검을 덮치더니 이내 뇌전검이 재로 화했다.

재가 휘날리며 동굴 안에 휘날렸는데 그 모습이 마치 구름 같았다.

"칼은……"

독고천의 의복에서도 갑자기 불꽃이 치솟기 시작하더니 염화가 독고천의 온몸을 휘감았다.

화르르!

불꽃 속에서 독고천의 해맑은 미소가 보였다.

씨익.

"……구름이네."

콰르르!

천둥이 치는 듯 굉음이 동굴 안에 울렸다.

"컥!"

진유환이 피를 토하며 무릎을 꿇었지만 독고천에게서 시선을 떼지 못했다.

파앗!

강한 빛이 번쩍였다.

진유환이 눈을 가리며 신음을 흘렸다.

빛이 서서히 잦아들고 진유환이 눈을 떴을 때는 동굴 안에 남아 있는 것이 단 두 가지였다.

허공에 휘날리는 재들과 뇌전검.

그 어디에서도 독고천의 모습을 찾을 수 없었다.

* * *

폭포 위에서 가부좌를 틀고 있던 독고천이 눈을 천천히 떴다.

"살아 있었나."

독고천의 나지막한 중얼거림이 폭포수에 묻혀 갔다.

고요했다.

폭포 옆에는 수풀이 있었는데 아무것도 없는 수풀 앞에 회의를 입은 사내가 어느새 서 있었다.

회의사내의 몸은 온통 천으로 가려져 신비로운 분위기가 흘렀다.

회의사내는 아무 말 없이 검집에서 검을 뽑았다.

서늘한 기운이 폭포를 휘감자 독고천도 천천히 몸을 일으키며 검을 뽑았다.

열화와도 같은 기운이 활활 타오르듯 독고천의 검신을 휘감았다.

그들은 입을 다문 채 서로를 노려보고 있었다.

그러나 검은 그렇지 않았다.

각자 기세를 뿜어내며 언제 어디를 공격할까 연신 미묘하게 검극이 떨리고 있었다.

순간, 독고천의 검극이 뱀처럼 쏘아져 나갔다.

파앗!

뱀처럼 튕겨 나간 독고천의 검이 당장이라도 회의사내의 머리를 꿰뚫을 것만 같았다.

그때, 회의사내의 신형이 흐릿해졌다.

스르르.

어느새 회의사내는 옆으로 비켜서 있었는데, 무사히 피하진 못했는지 얼굴을 휘감고 있던 천이 풀렸다.

얼굴을 드러낸 회의사내는 마동진이었다.

그의 입가에는 옅은 미소가 걸려 있었다.

놀랍게도 마동진의 검극이 떨리기 시작하더니 이내 구름 같은 문양의 기운이 흘러나오기 시작했다.

그 모습에 독고천이 고개를 주억거렸다.

"깨달음을 얻었나?"

마동진은 아무 말 없이 그저 씨익 웃었다.

씨익 웃던 마동진의 입가가 서서히 내려가더니 어느 순간 검을 휘둘렀다.

까앙!

묵직한 검명과 함께 독고천과 마동진의 검이 맞부딪쳤다.

웅웅웅!

마치 서로 공명이라도 하듯 검에서 소리가 울려 퍼졌다.

그리고 엄청난 공격이 서로 오갔다.

일검을 휘두르면 바위가 깨졌다.

일검을 휘두르면 땅이 파였다.

그들의 일검, 일검은 가공했으며, 마치 하늘에서 내려온 신장들의 대결 같았다.

순간 독고천의 검이 미묘한 각도로 꺾이더니 마동진의 검을 위로 쳐냈다.

마동진은 갑작스런 충격에 몸이 앞으로 쏠렸고 그 순간 독고천의 검이 마동진의 복부를 꿰뚫었다.

파직!

마동진의 움직임이 멎었다.

입가에서는 선혈이 흘러나오고 있었지만, 얼굴에는 미소가 걸려 있었다.

"독고천…… 먼저 가 있으마."

갑자기 마동진의 몸이 불처럼 화르르 타오르더니 무지

갯빛으로 감싸였다.

순간 검신이 우화등선했을 때의 모습이 마동진과 겹쳤다.

화르르!

"우화등선?"

第七章

전설행보(傳說行步)

독고천의 목소리가 떨렸다.

마동진은 아무 말 없이 씨익 웃더니 이내 무지갯빛과 함께 공중으로 떠올랐다.

파앗!

빛이 번뜩이더니 마동진이 흔적도 없이 모습을 감췄다.

독고천 자신이 내력을 이용하여 불꽃을 만들고 눈에 보이지도 않게 빨리 움직였던 저번과는 달랐다.

분명 그것이었다.

우화등선!

독고천은 허탈한 듯 하늘을 올려다보다 씁쓸한 웃음을 지었다.

"……개나 소나 우화등선이군."

*   *   *

독고천의 하루 일과는 똑같았다.

하루 종일 명상을 하다가 어떤 생각이 들면 무작정 검을 휘둘렀다.

검을 휘두르고 나면 저녁에 수하들이 찾아와 외부 소식을 들고 왔다.

검각의 각주가 바뀌었다는 둥.

혹은 뇌전검주가 검왕(劍王)이라는 칭호를 받았다는 둥 하는 여러 소식들이었다.

천마신교는 어느새 강호를 좌지우지하는 이대세력으로 성장했다.

천마신교만의 교리는 마인들의 협이라 인정받으며 강호인들의 우상이 되었다.

세력은 강호무림맹이 천마신교의 족히 세 배는 넘었으나 강호인 대부분이 천마신교의 손을 들어 주곤 했다.

강호제일검객인 신검마가 있었으니 말이다.

신검마는 마협이라는 명호로 바뀌고, 마협의 명성은 강호를 뒤흔들었다.

하지만 시간이 갈수록 마협의 명성은 서서히 묻혀지고 새로운 신진고수들이 치고 올라오기 시작했다.

새로 모습을 드러낸 강호삼대존(江湖三大尊)이야말로

천하제일을 논할 수 있다는 것이었다.

그렇게 무심한 세월은 흘러만 갔다.

*　　*　　*

강호가 뒤집혔다.

전설적인 고수, 마협(魔俠) 독고천이 비무행을 나섰다는 소식은 강호를 뒤집기 충분했다.

목적은 몰랐다.

중요한 것은 운남, 광서 그리고 광동 지역의 모든 문파들이 백기를 들었다는 것이었다.

그리고 평범한 비무행과 달랐다.

보통 비무행은 문파에서 가장 강한 고수와 승부를 내는 법인데 마협은 달랐다.

전부를 상대했다.

그리고 마협은 상처 하나 없이 그들을 모두 제압했다.

묻혀 가던 전설이 움직이기 시작한 것이다.

*　　*　　*

무당파(武當派).

검의 성지이자 모든 검객들의 우상.

그것은 현 무당파의 주소였다.

예전 천마신교에게 멸문까지 당하며 여럿 고난을 이겨
낸 무당파는 재기 후 당당히 소림을 제치고 구파일방의
제 일 인으로서 강호를 이끌어 가고 있었다.

"어떻게 오셨소?"

무당의 문지기가 당당히 물어 왔다.

그의 목소리에는 무당의 자부심이 녹아 있으며 매우 정
중했다.

문지기 앞에는 흑의를 걸친 허름한 옷의 사내가 있었다.

흑의사내가 아무 말 없이 서 있기만 하자 문지기가 정
중히 되물었다.

"무엇 때문에 오셨소?"

흑의사내의 입이 달싹였다.

"무당의 현판."

순간, 정적이 흘렀다.

누가 감히 구파일방을 이끄는 무당의 대문 앞에서 이런
망발을 할 수 있단 말인가.

"뭐라고 하셨소?"

문지기의 말투에는 분노가 어려 있었다.

그러나 흑의사내는 아무런 말없이 문지기를 바라볼 뿐.

그 모습에 문지기의 뇌리 속에 무언가 스쳐 지나갔다.

마협!

비무행을 하고 다닌다는 전설의 고수!

허름한 흑의를 입고 낡은 검집을 차고 다닌다는 절정검객!

등에 마인지로라는 깃발을 매달고 다닌다는 자!

문지기의 시선이 황급히 흑의사내를 살폈다.

아니나 다를까.

일치했다.

문지기가 떨리는 몸을 부여잡으며 조심스럽게 물었다.

"설마 귀하는 마협이시오?"

"독고천."

독고천의 중얼거림에 문지기가 급히 문 안으로 뛰어 들어가다시피 했다.

우당탕!

문지기의 반응에 문 안에 있던 도사들이 인상을 찌푸렸다.

"청아, 무슨 일이기에 그렇게 소란스럽게 뛰어가느냐."

"사, 사숙! 지금 문 앞에 마협이 와 있습니다!"

마협이라는 말에 도사들의 눈이 동그랗게 떠졌다.

"지금 마협이라 했느냐?"

"예!"

"이런. 얼른 장문인을 모셔라!"

도사들이 허겁지겁 장문인을 찾았다.

마침 연무장에 서 있던 장문인은 장로들의 꼴사나운 모습에 고개를 내저었다.

"어허, 장로들께서 이런 모습을 보이시면 제자들은 무엇을 배운단 말입니까."

"자, 장문인! 그게 문제가 아닙니다."

장로들의 처음 보는 반응에 무당의 장문인, 태운(太雲)
은 고개를 갸웃거렸다.

"오늘따라 왜들 이러십니까?"

"마, 마협! 마협이 찾아왔답니다."

마협이라는 말에 태운의 눈이 가늘어졌다.

"그 마협 말씀이십니까?"

"예! 그 마협 맞습니다."

당황할 거라 생각했던 태운이 침착하게 고개를 주억거
리며 한쪽을 가리켰다.

"앞장서십시오."

태운의 당당한 모습에 장로들이 멋쩍은 듯 뒤통수를 긁
었다.

아무리 마협이 엄청난 고수라 하지만, 자신들의 체통을
잊고 있었던 것이다.

"험험, 따라오십시오."

장로들이 앞장서고 그 뒤로 태운이 태극검을 들고 뒤쫓
았다.

*　　　*　　　*

독고천은 대문 앞에 두 팔을 내려뜨리고 담담히 서 있
었다.

어느새 모여든 무당의 제자들은 연신 웅성거리며 독고

천을 힐끗거리고 있었다.

그러다 다가오는 장문인을 보고는 모두들 환호성을 내질렀다.

"장문인이 오셨다!"

태운은 널찍한 장포를 휘날리며 제자들 틈새로 걸어갔다.

어느새 독고천 앞에 다다른 태운이 슬쩍 독고천을 위아래로 훑었다.

눈앞의 사내는 강호 사상 최강이라는 검객.

검객의 성지를 표방하는 무당으로서는 가장 신경 쓰이는 고수 중 하나였다.

강호제일의 검객은 무당에서 나와야 했다.

그리고 오늘 그 칭호는 무당이 가져갈 것이다.

"처음 뵙겠소."

태운이 정중히 포권하자 독고천이 씨익 웃었다.

"매청과 닮았군."

그랬다.

태운은 매청의 둘째 제자.

그러니 자연 매청의 분위기에 물들 수밖에 없었다.

자신의 사부 이름을 들먹이자 태운의 이가 갈렸다.

"감히 본 문을 멸문시켰던 것도 모자라 다시 이렇게 찾아오다니. 뻔뻔하군."

태운은 매청에게서 독고천에 대한 칭찬밖에 듣지 못했다.

"비록 사정상 무당을 멸문시켰지만 그것을 잊지 않고 다시 찾아와 도움을 준 인물! 그야말로 협객이라 불리어도 손색이 없다!"

하지만 태운은 고개를 내저었다.
물론 무당이 멸문지화됐던 시절은 오래전.
태운의 기억에조차 없었다.
하지만 천마신교에 의해 멸문되었다는 사실만큼은 태운의 머리에 박혀 있었다.
독고천이 훗날 무당의 재건을 도왔다는 사실은 기억하고 싶지 않았다.
설사 그것이 사부의 말일지라도.
은원을 갚을 때가 온 것이다.
"무당의 철천지원수, 그대를 오늘 베겠소."
태운이 태극검을 뽑아 들며 차갑게 말했다.
순간 장로들을 비롯한 모든 도사들이 검을 뽑았다.
스릉!
서늘하고 커다란 검명 소리가 무당 내에 울려 퍼졌다.
독고천의 검도 천천히 뽑혔다.
아무런 검명도 들리지 않았다.
고요했고, 차가웠으며, 날카로웠다.
독고천의 검이 허공을 갈랐다.
그렇게 무당의 현판은 다시 떨어졌다.

      *   *   *

당문세가(唐門世家).

현란한 필체의 현판이 달려 있는 대문 아래, 흑의를 입은 사내가 서 있었다.

그의 등에는 깃발이 하나 들려 있었었는데 먹으로 거칠게 무언가 쓰여 있었다.

마인지로(魔人之路).

그 모습에 대문을 지키고 있던 모든 무사들은 아연실색하며 곧바로 대문 안으로 들어갔다.

"가주님!"

가장 배분이 낮은 문지기가 감히 가주를 찾다니.

모두들 어이없다는 듯 문지기를 바라볼 쯤.

문지기의 입이 열렸다.

"마, 마협이 찾아왔습니다!"

마협이라는 말에 가주 당선우의 눈빛이 차갑게 가라앉았다.

"올 것이 왔군. 앞장서게."

천하제일독인(天下第一毒人)에 가깝다는 당선우의 발걸음에 모두들 뒤를 쫓았다.

대문 앞에는 허름한 차림의 사내가 서 있었는데 분위기

가 심상치 않았다.

"귀하가 마협이오?"

"독고천."

독고천이 입을 달싹이자 당선우가 고개를 주억거렸다.

"당신이 비무행을 하고 다닌다지?"

끄덕.

"그런데 보통 비무행이 아니라 전 문파를 상대한다지?"

끄덕.

독고천이 연속 두 번 고개를 끄덕이자 당선우의 입가에 미소가 떠올랐다.

"배짱도 좋군. 운남의 점창을 이긴 것은 그럴 수 있지. 압도적인 힘으로 이겨 버리면 그만이니. 하지만 당문은 다르다. 독의 무서움을 알려 주지."

갑자기 당선우가 팔을 쫙 펴자 뒤쫓아 오던 사내들이 쫘악 펼쳐지듯 옆으로 대열했다.

"만천화우를 보여 주마."

만천화우(滿天花雨)!

천지 사방이 온통 암기로 뒤덮여 살아남을 수 없다는 당문 전설의 비기!

한 명이 해도 모자랄 판에 적어도 이십여 명이 넘는 고수들이 만천화우를 펼친다면 살아남을 자는 없다고 봐야 했다.

순간, 당선우를 비롯한 사내들의 신형이 위로 솟구쳤다. 그들이 동시에 소매를 흔들었다.

파파파팟!

굉음과 함께 소매 속에서 나온 붉은 암기가 허공을 뒤덮었다.

아름다웠다.

마치 온 하늘에 붉은 꽃이 피어 있는 것같이 마냥 아름다웠다.

슈슈슉!

순간, 그 붉은 꽃들이 번뜩이더니 엄청난 속도로 독고천을 향해 떨어져 내렸다.

독고천의 움직임은 없었다.

아니, 독고천의 몸은 아주 조금씩 움직이고 있었는데 눈에 보이지 않을 정도였다.

콰콰콱!

붉은 꽃이 모두 떨어졌다.

그러나 그 많은 꽃들 중 독고천의 피부를 스친 것은 없었다.

모두 망가진 채 바닥에 박혀 있었다.

당선우가 멍하니 입을 벌렸다.

"이, 이게 도대체……."

절망한 표정의 당선우가 떨리는 목소리로 겨우 말했다.

"……졌다."

독고천은 담담한 표정으로 몸을 휙 돌리고는 대문을 나서려 했다.

그때, 당선우가 외쳤다.

"비록 우리는 이렇게 지지만! 네가 그 녀석과 맞붙는다면 너도 결과를 장담치 못할 것이다."

우뚝.

독고천이 잠시 발걸음을 멈추며 슬쩍 뒤를 흘겼다.

"그의 이름은?"

"광혈신!"

독고천이 고개를 끄덕였다.

"기억해 두지."

그 말을 끝으로 독고천은 서서히 모습을 감췄다.

*　　*　　*

마협의 행보는 일정했다.

이미 남강호가 모두 무릎을 꿇었다.

그 행보는 예전 마협의 흑검제 때의 비무행과 흡사했다.

하지만 다른 점이 있다면 이번 비무행은 아무런 목적조차 없다는 것이다.

저번에는 봉문을 약속하는 서신에 서명이라도 받았지만, 지금은 그저 패배만 시인하면 그냥 물러갔다.

특히 마협의 등에 꽂혀 있는 깃발은 더더욱 신경 쓰였다.

마인지로!

그것은 마인이 되기 위해 비무행을 한다는 것일까.

세인들의 추측으로 강호가 떠들썩했다.

이렇게 힘없이 문파들이 무너졌지만 세인들의 기대는 다른 곳에 있었다.

강호삼대존!

그들이야말로 마협이 잊힌 이후 강호를 뒤흔드는 자들!

삼존 중 한 명인 염존(炎尊)이 마협을 직접 찾아간다는 소식은 세인들의 가슴을 설레게 했다.

* * *

적의사내가 성큼성큼 다가왔다.

그의 눈썹은 불타오르는 염화처럼 붉어 그의 적의와 매우 잘 어울렸다.

적의사내의 입가에는 장난스런 웃음기가 걸려 있었는데 성격이 보이는 듯했다.

"자네가 마협이오?"

만두를 우물거리며 씹어 먹던 독고천이 고개를 끄덕이자 적의사내가 만족한 듯 웃었다.

"하하, 난 구양덕이라 하오. 날 아시오?"

"염존."

독고천의 중얼거림과도 같은 말에 구양덕이 만족한 듯 고개를 주억거렸다.

"내가 바로 염존이오."

갑자기 구양덕의 온몸에서 붉은 기운이 흘러나오며 열기가 흘러나왔다.

"한판 붙읍시다."

구양덕의 말에 독고천이 동전 몇 개를 올려놓고는 거침없이 몸을 일으켰다.

객잔 뒤 마당으로 나간 독고천과 구양덕은 서로를 마주 보았다.

구양덕은 자연스럽게 늘어뜨린 두 손에는 붉은 기운이 넘실거렸다.

"신기하지 않소?"

"뭐가 말이지?"

"나는 태어날 때부터 열화를 몸에 지니고 태어났소. 평범하지 않은 난 집에서 쫓겨났지. 하지만 난 이렇게 절대고수가 되었소."

"절대고수란 의미가 무엇인가."

독고천의 나직한 질문에 구양덕이 고개를 갸웃거렸다.

"무슨 소리요?"

"네가 삼존 중 한 명인 염존이면 절대고수인가."

구양덕의 미소가 걷혔다.

"나는 내가 고수인지도 모르겠는데 너는 네가 절대고수라고 확정하고 있단 말이지?"

구양덕의 표정이 일그러졌다.

"내가 너처럼 절대고수라고 자부하고 있을 당시 나는

어느 곳에 우연히 가게 되었다. 그곳에는 나보다 고수인 자가 우글거렸지. 또 나를 장난감처럼 가지고 논 희대의 검객도 있었고, 나에게 졌지만 우화등선해 버린 놈도 있었다. 도대체 뭐가 고수고 뭐가 아니란 거지?"

구양덕은 침묵을 지킬 수밖에 없었다.

"삼존 중 가장 강한 놈은 누구냐?"

"……독존(毒尊)일 것이오."

"그런데 감히 절대라는 말을 자신에게 붙일 수 있는가?"

구양덕이 주먹을 불끈 쥐었다.

"그걸 자신감이라 하는 거요, 선배."

갑자기 구양덕의 주먹이 붉게 변하더니 말 그대로 불꽃이 생겨났다.

화르르!

"전설이라던 마협 선배에게 비무를 청하오!"

독고천은 아무 말 없이 손가락을 까닥였다.

순간 구양덕의 몸이 솟구쳤다.

파앗!

주먹의 불꽃이 물결처럼 흐르며 독고천을 덮쳐 왔다.

독고천의 몸이 화염으로 불타올랐다.

그러나 그뿐이었다.

화염은 무언가에 막힌 듯 독고천의 옷깃조차 건드리지 못했다.

"아직은 아니다. 세월이 지나면 알게 될 것이다. 세월이 지나면 나보다 더 강해지겠지."

순간, 독고천이 검을 검집에 집어넣었다.

철컥.

뽑지도 않았던 검은 언제 뽑혔는지 이미 구양덕의 몸을 걸레짝으로 만들었다.

구양덕은 어처구니없다는 표정으로 자신의 몸을 내려다 보았다.

"이, 이게 도대체 무슨 검법이오?"

"아무 검법도 아니네."

독고천의 말에 구양덕의 얼굴이 일그러지더니 이내 정 신을 잃고 앞으로 고꾸라졌다.

철푸덕.

*   *   *

염존이 일검에 깨졌다는 사실은 강호를 진동시켰다.

한물간 줄 알았던 마협은 오히려 더더욱 강했고 전설의 이름값을 톡톡히 하고 있었다.

그러니 세인들은 절로 남은 삼존들에게 시선을 보낼 수 밖에 없었다.

그리고 그것을 기다렸다는 듯 광존(狂尊)이 마협을 찾 아간다는 소식이 새어 나왔다.

                    *   *   *

　차가웠다.

　얼굴에 떠오른 감정은 아무것도 없었고 마치 얼음장처럼 서늘했다.

　"마협?"

　흑의사내의 물음에 독고천이 고개를 끄덕였다.

　바위에 걸터앉아 있는 독고천이 가볍게 몸을 일으키며 내려섰다.

　흑의사내의 양손은 검게 물들어 있었는데, 상처투성이였다.

　"곽검지."

　흑의사내의 말에 독고천이 고개를 주억거리며 입을 달싹였다.

　"광존."

　곽검지는 긍정도 부정도 하지 않았다.

　그러자 독고천이 피식 웃었다.

　"꽤나 분위기를 잡는군. 나도 그랬던 적이 있었지. 하지만 나중에 알게 될 것이다. 강함만 보아선 강함을 얻을 수 없다는 것을."

　곽검지의 손에서 검은 기운이 넘실거리며 주위를 휘감았다.

　주위 수풀들이 이상한 각도로 꺾이더니 이내 썩으며 없

어졌다.

마치 그 자리에 원래 없었던 것처럼 증발해 버렸다.

곽검지가 천천히 걸어왔다.

검은 기운, 흑기가 곽검지의 손에서 흘러나오며 이내 곽검지의 몸을 휘감았다.

그것은 흡사 지옥에서 올라온 저승사자 같았다.

순간, 곽검지의 손이 허공을 갈랐다.

파앗!

흑기가 뭉쳐지더니 이내 독고천의 복부를 꿰뚫었다.

아니, 꿰뚫으려 했다.

하지만 흑기는 독고천의 복부 앞에서 윙윙 거리며 돌 뿐 독고천에게 닿지 못했다.

독고천이 슬쩍 손을 내밀며 흑기를 잡았다.

흑기가 거칠게 반응하며 독고천의 손을 잘라 버릴 것 같이 들썩였지만, 독고천은 자연스럽게 흑기를 손 위에 올려놓았다.

곽검지의 속눈썹이 파르르 떨렸다.

"어제 녀석도 그렇고, 독특한 놈들뿐이군."

중얼거리던 독고천이 흑기를 슬쩍 곽검지에게 밀었다.

흑기가 아주 느린 속도로 곽검지를 향해 날아가고 있었다.

곽검지의 표정은 굳어 있었다.

급히 두 손을 앞으로 모았다.

다가오던 흑기가 곽검지의 손과 닿았을 때 꿍음이 터졌다.

콰앙!

먼지가 걷히고 곽검지의 모습이 드러났다.

곽검지의 입에서는 선혈이 흘러나오고 있었고 손 끝부분이 뭉툭해져 있었다.

"쿨럭."

선혈을 한바탕 쏟아 낸 곽검지의 얼굴은 창백했다.

독고천이 성큼성큼 다가오더니 이내 곽검지 앞에 섰다.

"뛰어난 능력을 지녔지만 그것에 맹신하면 다른 것을 놓치기 쉽다. 시간이 지나고 나중에 찾아오거라. 한바탕 놀아 주마."

그 말을 끝으로 독고천의 모습이 사라졌다.

홀로 남겨진 곽검지는 정신을 잃고 뒤로 널브러졌다.

* * *

염존, 광존, 그리고 남강호가 모두 넘어갔다.

심지어 북강호의 대부분 문파는 비무를 해 보지도 않고 기권을 하기 시작했다.

어느 순간 마협은 천하제일이란 칭호로 쓰였고 그 누구도 감히 마협의 전설을 의심치 못했다.

그러나 그들은 알고 있었다.

아직 삼존 중 한 명이 버티고 있다는 것을.

그가 걸으면 감히 설 수 있는 존재가 없다는 절대적인

존재.

한때 강호를 뒤집어 놓았던 한 명의 독인을!

*　　*　　*

"처음 뵙겠습니다."

정중히 포권하며 다가오는 백의사내가 있었다. 독고천이 슬쩍 바라보자 깔끔한 인상의 사내가 성큼성큼 다가오고 있었다.

자세히 보면 모를 정도로 몸은 옅은 녹색 빛을 띄고 있었다.

"독존?"

독고천의 물음에 백의사내, 광혈신이 고개를 끄덕였다.

"광혈신입니다."

당당한 기세에 독고천이 속으로 탄성을 삼켰다.

─삼대존 중 단연 독존이 지존이다.

비록 삼존이라 불리지만 독존이야말로 염존과 광존을 뛰어넘는 지존이라 했다.

소문으로만 생각했는데 그게 아니었다.

광혈신 주위로는 독무 같은 것이 스멀스멀 올라옴에도 불구하고 놀랍게도 다른 것에 피해를 주지 않고 있었다.

염존이나 광존의 기운은 주위의 것들에게 영향을 주었
지만 광혈신은 달랐다.

기운을 뿜어내는 것보다 더욱 뛰어난 제어력을 보여 주
고 있었다.

독고천의 눈이 빛났다.

"다른 녀석들과는 좀 다르군."

"구양덕과 곽검지 말씀이십니까?"

독고천이 고개를 끄덕이자 광혈신이 씨익 웃었다.

"그 녀석들은 뛰어난 녀석들입니다."

"아니, 내 말은 네가 뛰어나다는 소리다."

광혈신이 담담한 눈빛으로 독고천을 바라보았다.

"얼핏 보아선 네가 다른 녀석들보다 재질이 떨어져 보
이지만 그게 아닌 것 같군. 너야말로 엄청난 재질을 가지
고 있다."

"그것이 무엇입니까?"

독고천이 씨익 웃었다.

"노력."

광혈신의 눈에 감정이 비쳤다.

그것은 독고천은 알지 못할 아련한 감정.

그러나 독고천은 그 감정을 알고 있었다.

스승을 그리워하는 감정!

문득 독고천의 뇌리에 탁경도가 스쳐 지나갔다.

아무런 대가조차 바라지 않고 단순한 약조 하나만으로

자신을 키워 준 스승.

스승의 가치를 아는 자를 보자 독고천은 내심 기분이 좋아졌다.

독고천의 눈에서 즐거움을 느낀 광혈신이 피식 웃었다.

전설의 고수, 마협!

그의 눈동자에서는 어린아이와도 같은 순수함이 묻어 나오고 있었다.

순간, 독고천의 검이 뽑혔다.

차가운 검날이 햇볕에 반사되며 번뜩였고 광혈신의 온몸이 녹색으로 물들었다.

독고천이 손가락을 까닥였다.

"와라."

광혈신의 신형이 솟구쳤다.

파앗!

빛이 번뜩이고 광혈신이 서 있던 곳에는 독고천이, 독고천이 서 있던 곳에는 광혈신이 서 있었다.

광혈신이 피를 토하며 무릎을 꿇었다.

"크윽."

광혈신이 힘겹게 고개를 돌리자 독고천이 검을 집어넣은 채 담담한 표정으로 그를 내려다보고 있었다.

"좋은 한 수였다."

그 말을 끝으로 독고천은 모습을 감췄다.

삼존이 무너졌다.

강호도 무너졌다.

단 한 명의 검 아래 모든 것이 무너졌다.

독고천에게 진 이후로 삼존은 모습을 감췄다.

혹자들은 복수를 위해 그들이 은거하여 수련하고 있다고 했다.

더 이상 그의 전설을 의심하는 자는 있을 수가 없었다.

마협은 강호였고 강호는 마협이었다.

비무행을 마친 마협이 돌아왔을 때 천마신교의 대문은 활짝 열려 있었다.

모두들 강호 자체가 되어 온 마협을 숭배했고 모두들 절을 했다.

그러나 그 이후로 마협은 강호에서 자취를 감추었다.

천마신교의 상부층 모두가 그를 찾기 위해 노력했지만 헛수고였다.

강호에서도 그를 찾으려 했지만 먼지 한 톨조차 찾지 못했다.

그는 그렇게 전설이 되었고 강호의 역사에 영원히 남게 되었다.

마협이 실종된 지 오십 년 후, 강호에는 한 가지 소문이 떠돌았다.

─마협이 남긴 심득(心得)이 있다!

작은 소문에 불과했지만 강호의 입장은 그것이 아니었다.

강호 역사상 최강이었던 사나이.

그가 남겼던 심득은 그들에게 천금만금의 보물보다 더욱 엄청난 것이었다.

강호는 그 심득 하나를 찾기 위해 들썩이고 있었다.

*　　*　　*

당차지만 어딘지 모르게 서러운 울음소리가 울려 퍼졌다.

"응애! 응애!"

"축하드립니다. 아들입니다."

비에 홀딱 젖은 듯 온몸에서 땀을 흘리던 산모가 후련하면서도 진이 빠진 얼굴로 아이를 바라보았다.

얼굴에 굼벵이 같은 주름이 가득한 노인 산파가 핏덩어리 아이를 조심스럽게 산모에게 건네주자 산모는 사시나무처럼 떨리는 손으로 힘겹게 아이를 품 안에 껴안았다.

아이의 호수처럼 맑고 깊은 눈동자와 시선이 마주치자 산모는 절로 해맑은 미소를 머금었다.

산모가 세상을 다 가진 듯 행복한 미소를 지으며 아이

를 바라보았다.

그분과 똑같았다.

마치 바람처럼 왔다가 사라진 그분.

그분이 남기신 아들.

그때 그분을 처음 보았을 때가 뇌리에 스쳐 지나갔다.

'그분과 똑같이 생겼구나.'

산모, 사효연이 빙긋 웃자 아이도 그에 반응하며 웃는 듯 보였다.

"내 아이가 태어나면 이 서신과 함께 그곳으로 보내시오."

임신 사실을 알렸을 때 기쁨의 반응조차 보이지 않았다.

섭섭하기도 했지만 원래 그런 사람이었기에.

그러려니 했다.

실종되었다던 그가 일 년 전 자신 앞에 나타났을 땐 너무나도 놀랐었다.

자신은 늙어 버렸는데 그는 한 살도 먹은 것 같지 않았다.

오히려 더 젊어진 것 같았다.

많은 세월이 흘렀음에도 설마 아직도 그 약속을 잊지 않았을 줄이야.

물론 자신도 잊지 않았지만……

사효연은 품속에 있던 서신 한 장을 산파에게 쥐어 주었다.

"이것과 함께 아이를 그곳으로 보내 주세요."

"하, 하지만."

산파가 놀라며 말리려 했지만 사효연의 굳건한 눈빛을 읽고는 마지못해 고개를 끄덕였다.

"예."

아이를 내려다보는 사효연의 표정은 담담했지만 눈빛 뒤에는 슬픔이 가득 메워져 있었다.

*　　*　　*

소년은 눈을 떴다.

어두움이 소년을 반길 뿐 아무것도 보이지 않았다.

소년이 힘겹게 몸을 일으키며 주위를 두리번거렸다.

방 안에는 다섯 명의 소년이 정신을 잃은 채 널브러져 있었다.

분명 평상시처럼 마을에서 애들과 놀다가 헤어진 후였다.

그 이후로 기억이 없었다.

"으으."

소년이 신음을 흘리며 벽을 더듬었다.

순간 문으로 느껴지는 곳에 다다른 소년이 힘겹게 문을 밀었다.

끼이익.

천천히 문이 열리며 빛이 새어 들어오기 시작했다.

문이 활짝 열리자 소년을 반긴 것은 시산혈해였다.

말 그대로 시체와 피가 즐비했고 역겨운 피비린내가 소년의 코끝을 찔렀다.

"우우웩!"

소년이 한바탕 속을 게워 냈지만 연신 헛구역질이 나왔다.

그런데 어느새 소년 앞에 한 흑의사내가 서 있었다.

흑의사내의 눈 밑은 검게 물들어 있었고 입가에 걸린 미소는 너무나도 서늘했다.

"네가 누구인지 아느냐?"

"누, 누구세요?"

소년이 힘겹게 묻자 흑의사내가 거칠게 소년을 걷어찼다.

퍽!

"큭."

소년이 복부를 부여잡으며 옆으로 널브러졌다.

갈비뼈가 박살 난 듯 연신 무언가 찔러 왔다.

소년이 눈물을 흘리며 울음을 터트렸다.

그러나 흑의사내는 아랑곳하지 않았다.

너무나도 냉정한 모습이 마치 얼음장 같이 차가웠다.

"너는 악마다. 아니, 너는 악마가 되어야 한다."

흑의사내가 소년의 눈을 직시하며 또박또박 말했다.

소년은 아직도 고통에 정신이 없는 듯 신음을 흘리고 있었다.

흑의사내가 슬쩍 옆을 바라보았다.

그곳은 시체가 쌓여 있었는데 놀랍게도 조금씩 꿈틀거리고 있었다.

흑의사내가 씨익 웃었다.

"일 년 후에 보도록 하지."

말이 끝남과 동시에 흑의사내는 모습을 감추었고 시체들이 움직이기 시작했다.

소년은 이상한 소리에 고개를 들었다.

팔과 다리를 잃은 시체들이 꼼지락거리며 일어서고 있었다.

소년의 눈은 경악으로 물들었다.

시체들이 일어서더니 이내 소년을 발견하고 천천히 다가왔다.

소년은 허겁지겁 뒷걸음질 쳤다.

그러다 소년의 손에 잡히는 무언가가 있었다.

그것은 검이었다.

차갑고 날카로운 검.

소년의 손에 검이 쥐어졌다.

쥐어진 검은 사시나무처럼 부들부들 떨리고, 소년의 다리는 당장이라도 무너질 것 같았다.

그러나 소년의 눈빛은 달라져 있었다.

'살아남아야 한다!'

순간 시체들이 덤벼들었다.

"크아아앙!"

第八章

마협심득(魔俠心得)

일 년이 지나고 흑의사내가 다시 찾아왔다.

"너는 일호다."

소년의 이름은 일호가 되었다.

흑의사내는 일호를 데리고 밖으로 나갔다.

그러나 놀랍게도 밖을 나갔지만 또 다른 공간이 있을 뿐이었다.

"일 년 후에 보자."

씨익.

흑의사내는 일 년 전 그 미소와 함께 다시 모습을 감췄다.

그곳에는 이상한 괴물들이 있었다.

뭐라 말로 형용할 수 없는 괴물들이 연신 괴성을 지르

며 서로를 죽이고 있었다.

흑의사내가 사라졌을 때 그들의 시선은 일호에게 꽂혔다.

일호의 손에 쥐어진 검이 부들부들 떨렸다.

그러나 일호의 눈빛만큼은 단호했다.

'이번에도 꼭 살아남는다!'

괴물들이 낮게 으르렁 거리며 다가왔다.

어느 정도 거리가 좁혀졌을 때 괴물들이 달려들었다.

"크아아!"

              *   *   *

일 년이 지나고 흑의사내는 똑같은 모습으로 일호를 찾아왔다.

일호는 훌쩍 성장해 있었다.

눈빛은 야수와도 같이 날카로웠고 온몸은 피로 덕지덕지 도배되어 있었다.

"꽤나 성장했군. 따라와라."

이번에 도착한 곳에는 여러 명의 소년들이 있었다.

그들도 일호와 똑같은 경험을 한 듯 평범한 소년으로서 가질 수 없는 눈빛을 가지고 있었다.

지옥에서 살아남은 자들만의 고유한 눈빛.

"일 년 후에 오마."

흑의사내가 떠나자 남은 소년들이 서로의 눈치를 살폈다.

그들 손에는 녹이 슨 병장기들이 들려 있었다.

누가 먼저랄 것 없이 동시에 소년들의 신형이 솟구쳤다.

파앗!

*   *   *

일 년이 또 흐르고 흑의사내가 찾아왔을 때 일호가 그를 반겼다.

"역시 네가 살아남았구나."

흑의사내는 기특하다는 표정을 지으며 일호의 뒤통수를 쓸어내렸다.

"이제 나가자. 이곳에서."

흑의사내를 쫓아 나가자 뜨거운 태양이 일호를 반겼다.

일호는 너무나도 오랜만에 보는 태양에 눈을 찡그렸다.

"오랜만이겠구나."

흑의사내가 두건으로 일호의 눈을 가렸다.

그리고 얼마나 지났을까.

흑의사내가 일호의 두건을 벗기자 거대한 대문이 시선에 들어왔다.

천마신교(天魔神敎).

흑의사내를 발견한 무사들은 정중히 고개를 숙이며 대문을 열었다.

끼이익.

흑의사내가 일호를 데리고 어디론가 깊숙한 곳으로 들어갔다.

그곳은 하나의 큰 회의장이었는데 날카로운 인상의 중년인들의 시선이 흑의사내와 일호에게 쏠렸다.

"오셨소?"

중년인들이 반기자 흑의사내가 고개를 끄덕였다.

"교주님은 어디 계시오?"

"당연히 연무장에 계시오."

중년인들의 답에 흑의사내가 한숨을 내쉬었다.

"아직도 교주님께서는 이것을 모르시오?"

중년인들이 침음을 삼켰다.

"……그렇소."

"하지만 이미 이렇게 결과까지 나왔는데 어찌 하겠소? 교주님께 보여 드리면 되는 것 아니겠소?"

"교주님이 과연 받아들이실지……. 그분은 무조건 안 된다고 하셨습니다. 설사 그분의…… 아, 아닙니다."

중년인들이 기어 들어가는 말투로 말하자 흑의사내가 답답한 듯 가슴을 쳤다.

"내가 최고의 기재를 만들었소! 마협 님의 심득을 익힐 수 있는 최고의 기재 말이오!"

마협이라는 말에 중년인들이 움찔거렸다.

"하, 하지만 중요한 것은 그런 잔인한 방법을 교주님께서 반대하셨다는 것이고. 만약 그 사실이 알려질 경우 자네의 목숨이 위태할 수도 있소."

중년인들이 동의하듯 고개를 주억거리자 흑의사내가 혀를 찼다.

"장로라는 분들이 참 욕심도 없으시오. 강호가 평화로우니 눈에 기름이 가득 차셨구려. 언젠가 강호는 격동기에 들어갈 것이오. 그리고 당연히 누군가와 싸우게 되겠지. 그 정도는 상식 아니오?"

흑의사내의 꾸짖음과도 같은 말에 중년인들은 입을 닫으며 고개를 푹 숙였다.

흑의사내, 주진송이 혀를 찼다.

"좋소. 내가 직접 나서겠소."

"하, 하지만 주 부교주……."

"말은 필요 없소."

주진송은 그들의 만류를 뿌리치고 일호를 데리고 어디론가 향했다.

*　　　*　　　*

연무장에는 백의사내가 검을 휘두르고 있었다.

그것은 마치 자라도 잰 듯 일정했고 속도도 똑같았다.

한참 동안 검을 휘두르던 백의사내가 슬쩍 옆을 바라보았다.

그리고 이내 활짝 미소를 지었다.

"주 부교주, 오랜만이오."

"교주님을 뵈옵니다."

주진송이 정중히 고개를 숙이며 일호의 고개를 억지로 눌렀다.

백의사내가 일호를 대충 힐끗거린 후 고개를 갸웃거렸다.

"부교주의 제자요?"

"교주님, 사실 드릴 말씀이 있습니다."

"말해 보시오."

"제가 십 년 전 말씀드렸던 말, 기억하십니까."

주진송의 말에 백의사내의 표정이 굳었다.

"그것은 내가 안 된다고 했지 않았소?"

주진송이 마른침을 삼켰다.

"예……."

백의사내가 순간 일호를 물끄러미 보더니 감탄사를 내뱉었다.

"설마 저 아이가 그……?"

"……맞습니다."

주진송이 고개를 끄덕이자 백의사내가 깊게 한숨을 내쉬었다.

"몇 명이 죽었소?"

"이백여 명 이상이 죽었습니다."

백의사내가 손을 꽉 쥐었다.

"그래서 살아남은 아이는?"

"이 녀석 혼자입니다."

"……알겠소."

잠시 눈을 감은 채 생각에 잠겨있던 백의사내가 눈을 떴다.

"그래서 정말 그분의 심득을 찾으러 갈 것이오?"

"예, 이 녀석이야말로 마협님의 심득을 익히기에 최적의 체질입니다. 진정한 마인입니다."

주진송이 일호를 슬쩍 밀었다.

일호를 조용히 지켜보던 백의사내는 자기도 모르게 탄성을 내지를 뻔했다.

똑같았다.

그와 너무나도 똑같았다.

단지 눈빛에서 흘러나오는 짙은 살기만 다를 뿐.

나머지 외형은 너무나도 흡사했다.

"정말 닮았군."

백의사내의 중얼거림에 주진송이 고개를 끄덕였다.

"예, 저도 처음에 이 녀석을 보았을 때 깜짝 놀랐습니다."

백의사내는 유심히 일호를 바라보고 있다가 입을 열었다.

"난 곽후다. 이름이 뭐냐?"

일호는 묵묵히 백의사내를 노려볼 뿐이었다. 그러자 주진송이 털털하게 웃었다.

"허허, 이 녀석은 아무래도 오 년 이상을 지옥에서 살아온 녀석입니다. 그렇다 보니 재활이 필요할 듯싶습니다."

곽후는 일호를 위아래로 훑었다.

순간, 일호의 온몸에 소름이 돋았다.

곽후가 씨익 웃었다.

"네가 과연 그분의 심득을 찾아낼 수 있겠느냐?"

일호는 그분이 누구인지 심득이 무엇을 뜻하는지 전혀 몰랐다.

그러나 본능이 말하고 있었다.

고개를 끄덕이라고.

일호는 무작정 고개를 끄덕였다.

그러자 곽후가 환하게 웃었다.

"이름이 없다고 했지? 내가 이름을 지어 주마."

일호에게 이름이 주어졌다.

억천(憶穿).

"내가 존경하는 분이 있다. 그분의 이름은 천. 그분을 기억하라는 의미지. 잘 부탁하마."

그 말을 끝으로 곽후는 연무장으로 걸어갔고 주진송은 억천을 데리고 숙소로 향했다.

억천은 많은 교육을 받았다.

서서히 살기도 많이 가라앉았고 이제는 말도 제법 잘했다.

특히 한숨도 자지 않고 침대 구석에서 사람을 경계하던 버릇이 없어졌다.

마치 야생의 동물을 길들인 것 같았다.

억천의 재질은 매우 뛰어났다.

주진송이 직접 가르친 탓도 있었지만 억천은 하나를 알면 둘을 알았다.

성장할수록 주진송의 확신은 더욱 강해졌다.

'이 녀석이야말로 진정 그분의 심득을 익힐 수 있을 것이다. 왜냐면……'

* * *

방 안은 조용했다.

순간, 문이 벌컥 열리며 곰과도 같은 덩치의 사내가 들어왔다.

사내는 힘겨운 몸을 이끌고 의자에 앉고는 차를 홀짝였다.

"힘들군."

고개를 내젓던 사내가 의복을 풀어 헤치며 대충 침대에 몸을 뉘었다.

그리고 그 순간, 침대 위로 검극이 솟구쳤다.

푹!

비명 소리도 들리지 않았다.

그대로 사내는 즉사하였고 침대 아래서 흑의를 입은 사내가 기어 나왔다.

흑의사내는 조심스럽게 수건으로 검극을 감싼 후 검을 살살 빼냈다.

그리고 품 안에 있던 호리병을 꺼내 주위에 뿌렸다.

흑의사내, 억천은 창문을 활짝 열고는 심호흡을 했다.

맑은 새벽공기가 억천의 기분을 상쾌하게 했다.

첫 임무였다.

비록 강한 상대는 아니었지만 까다로운 상대였기에 장작 일주일 동안을 침대 아래 누워 있었다.

침식도 거르고 오로지 상대방을 죽이겠다는 일념 하나로 일주일을 버렸다.

그리고 마침내 결과를 받았다.

피를 좀 흘린 것이 못마땅했지만 그럭저럭 무난했다.

억천이 품속에 있던 서신을 펼쳤다.

서신의 암호를 조용히 읽어 내려가던 억천이 서신을 입안에 구겨 넣었다.

우걱우걱.

서신을 삼킨 억천의 신형이 창문 밖으로 쏘아져 나갔다.

파앗!

방 안은 싸늘하게 식어 가는 사내의 피비린내만이 자욱할 뿐이었다.

*　　*　　*

복귀한 억천은 일주일간의 휴가를 받았다.

그러나 억천은 연공실에 틀어박힌 채 당최 나올 생각을 하지 않았다.

그 보고를 받은 주진송은 역시라는 표정을 지으며 고개를 끄덕였다.

'그분의 현신이군.'

일주일간의 휴가가 끝나고 억천은 악마대주의 부름을 받았다.

"속하, 대주님을 뵈옵니다."

"그래, 네가 억천이냐?"

"예."

악마대주 공욕운(供欲耋)이 씨익 웃었다.

"네가 그렇게 뛰어나다면서?"

"아닙니다."

"겸손하군. 하지만 본 교에서의 겸손은 개나 줘야 할 것이다."

"명심하겠습니다."

억천이 고개를 정중히 숙이자 공욕운이 서신을 한 장 던졌다.

억천이 서신을 조심스레 받아 들자 공욕운이 입을 열었다.

"네가 하나 찾아와야 할 것이 있다. 물론 교주님을 비롯해 부교주님에게 들었다시피 그분의 심득이다. 물론 힘들 것이나 본 교에서 네가 선택받았음을 잊지 말도록. 몰래 수행원들을 붙여 줄 터이니 걱정하지 말도록."

"존명!"

억천이 정중히 고개를 숙이고 나가자 홀로 남은 공욕운이 탄성 비슷한 한숨을 내쉬었다.

"허, 정말 그분하고 똑같구나. 똑같아."

*   *   *

천마신교를 나온 억천은 생전 처음 느껴 보는 감정에 고개를 갸웃거렸다.

그것은 설레임이라는 것이었다.

장작 이십 년이란 세월 동안 감정을 잃은 채 갇혀 살아왔다.

그런데 지금 그곳을 벗어난 것이다.

"나쁘진 않군."

그러한 설레임이 싫지는 않았다.

억천은 품속의 서신을 한 번 다시 훑어보고는 조심히 갈무리해서 집어넣었다.

서서히 날이 저물었고 억천은 지도상 나와 있는 가장 가까운 객잔으로 들어섰다.

"어서 옵쇼!"

점소이가 환대하며 구석 쪽에 자리를 잡아 주었다.

억천은 주문 후 조용히 객잔 안을 살폈다.

모두 강호인들로 보였는데 허리춤에 병장기를 차고 있거나 무공을 익힌 흔적이 보였다.

억천의 눈은 예리했다.

'저자는 검을 익힌 듯 보이지만 장식품이군. 검병이 깨끗해.'

그랬다.

강호인들은 잠깐의 실수로 목숨이 갈리는 자들.

서로를 속이기 위해, 자신들의 목숨을 부지하기 위해 별의별 것을 속이곤 했다.

객잔 내 강호인들은 아무렇지 않은 표정으로 식사를 하고 있었지만 모두들 서로를 신경 쓰고 있었다.

언제 목이 날아갈지 모른다.

그것이 강호였다.

억천도 아무렇지 않은 듯 만두를 우물거리고 있었지만 눈앞의 상대가 매우 거슬렸다.

거리는 약 일 장여.

하지만 죽립을 쓰고 있어 얼굴도 보이지 않았고, 거대한 장포를 걸치고 있어 몸집도 보이지 않았다.

등에는 낫 모양의 무기가 걸려 있었는데 크기로 보아 보통 신력의 소유자로서는 휘두르지도 못할 정도로 무거워 보였다.

그런데 무언가 미묘했다.

분명 모두들 서로의 눈치를 살피는 듯싶었지만 자세히 보면 그것이 아니었다.

세상에 우연이란 없었다.

'함정인가……'

의심이 가기 시작하자 억천의 눈동자가 이곳저곳을 살폈다.

아니나 다를까.

손님 모두의 발끝이 자신을 노리고 있었다.

심지어 점소이마저 자신의 움직임을 살피고 있었다.

억천이 자연스럽게 몸을 일으키며 나가려 하자 점소이가 황급히 달려왔다.

"뭐 필요하신 건 없으십니까?"

억천의 눈이 빛났다.

"왜 그러지? 단순히 일어났다고 해서 점소이가 달려드는 객잔은 이곳이 처음이군."

점소이가 찔린 듯 잠시 조용히 있다가 갑자기 억천에게 달려들었다.

파앗!

억천은 예상하고 있었기에 가볍게 몸을 뒤로 날리며 암기를 던졌다.

파파팟!

암기가 점소이의 심장에 꽂히자 점소이는 그대로 절명하고 말았다.

철푸덕.

점소이가 쓰러짐과 동시에 객잔 내 손님들이 벌떡 몸을 일으켰다.

그리고 역시나 그들은 모두 병장기를 뽑고는 억천에게 다가가고 있었다.

"다들 한통속이구나!"

억천은 신난 듯 외쳤다.

정말 오랜만이었다.

죽음 사이에서 뛰노는 기분!

억천의 검이 뽑히며 동시에 신형이 쏘아져 나갔다.

다가오던 강호인들은 억천이 갑자기 덤벼들 줄은 몰랐는지 당황하며 순간 움찔거렸다.

그것이 실수였다.

억천이 가장 앞에 있던 거도 사내의 다리를 베었다.

푸아아!

사내가 비명을 내지르며 앞으로 넘어졌다.

그와 동시에 억천의 검이 춤을 쳤다.

마치 살아 있는 뱀처럼 이리저리 휘더니 연이어 두 명의 강호인을 덮쳤다.

"크흑!"

순식간에 세 명이 전투불능 상태가 되자 남은 다섯 명이 차륜전을 행하려는지 억천을 중심으로 둘러쌌다.

억천은 슬쩍 곁눈질로 이리저리 살피며 비릿한 미소를 머금고 있었다.

"차륜전이군."

순간, 한 명이 억천에게 달려들었다.

억천이 씨익 웃었다.

"생각은 좋았지만. 차륜전을 깰 수 있는 방법은 이거지!"

스윽!

억천의 검이 횡을 그었다.

달려들었던 사내가 피를 내뿜으며 앞으로 널브러졌다.

억천이 검을 휙 털자 떨어진 피가 바닥을 적셨다.

잠시 악귀와도 같은 미소를 머금고 있던 억천이 입을 열었다.

"……일검에 끝내면 된다는 것."

순간, 남아 있던 사내 모두가 억천에게 덤벼들었다.

억천의 미소가 더욱 짙어졌다.

이 정도 공격은 예전에 매일 겪었던 것이다.

그 지옥에서!

억천의 몸이 춤을 추듯 흐느적거리며 이리저리 움직였다.

파파팟!

억천의 검이 검집에 들어갔을 때 서 있을 수 있는 사내는 아무도 없었다.

철컥.

억천이 동전 몇 개를 휙 던지며 중얼거렸다.

"……이건 음식 값이다."

그 말을 끝으로 억천이 객잔 밖을 나섰다.

억천이 나간 지 얼마나 지났을까.

죽은 줄만 알았던 사내들이 천천히 몸을 일으키더니 푸른 안광을 터트렸다.

"흐흐흐, 역시구나……."

사내들의 상처가 저절로 낫기 시작했다.

잠시 상처가 났던 부위를 만지던 사내들이 서로를 보고는 씨익 웃었다.

"철수해야지?"

사내들이 고개를 끄덕이고는 몸을 날렸다.

파앗!

객잔 내에 남아 있는 건 접시 위의 식어 가는 만두들뿐이었다.

*   *   *

"어떤 놈들일까?"

억천이 아무리 생각해 보았지만 떠오르는 마땅한 자들이 없었다.

자신은 정식적으로 강호에 처음 발을 내딛은 것이었다.

그러니 적이 있을 수가 없었다.

그런데 초출부터 이렇게 대놓고 살기를 내뿜는 자들이 있을 줄이야.

"역시 강호구나!"

다른 이라면 벌벌 떨었겠지만 억천은 무언가 재미난 일이 생긴 것마냥 씨익 웃었다.

잠시 흥분하듯 상기된 표정을 지었던 억천은 품속에서 서신을 꺼냈다.

자세한 정보는 나와 있지 않았다.

하지만 대략적인 위치는 나와 있어 우선 그곳에 도착한 후 주위 정보 세력을 이용할 예정이었다.

이것은 하나의 기회였다.

이번 임무의 성공여부 이후로 자신의 길이 결정될 것이다.

그냥 보통 고수가 될 것이냐.

혹은 마협이라는 자의 전설적인 심득을 익히게 되는 행운을 누릴 것이냐.

그런데 그때였다.

숲 속에서 실랑이 소리가 들려왔고 억천은 그냥 그 자리를 지나치지 못했다.

본래 싸움을 싫어했던 억천이었다.

하지만 지옥 같은 생활을 겪으면서 싸움은 그의 동반자와도 같이 되었다.

이제 싸움은 그의 친구였다.

억천의 본능이 그를 그곳으로 이끌었다.

그곳에는 한 명의 사내가 열여 명 이상의 사내에게 핍박당하고 있었다.

"우선 조용히 내놓으면 목숨은 살려 주지."

사내들의 대표가 이죽거리며 말하자 백의를 입은 청년이 당차게 답했다.

"이것은 본 궁의 신물! 줄 수 없소이다."

백의청년은 선한 인상을 하고 있었는데 백설처럼 새하얀 피부를 지니고 있었다.

단호한 백의청년의 말에 사내들이 인상을 찌푸렸다.

"북해에서 와서 이곳 정보가 부족한가 보군. 우리가 누군지 모르나?"

사내들이 키득거렸다.

백의 청년은 고개를 내저으며 당당하게 입을 열었다.

"누군지 모르오. 하지만 소수를 핍박하는 것을 보아서 좋은 무리는 아닌 것이 분명하군!"

순간, 억천의 가슴 한쪽이 두근거렸다.

아니, 누군가 바늘로 찌르는 것처럼 따끔했다.

이유는 몰랐다.

그냥 백의청년의 말투 하나하나가 억천을 뒤흔들었다.

억천은 저도 모르게 어느새 백의청년 지척까지 걸어와 있었다.

사내들은 걸어오는 억천을 발견하고 경계하며 외쳤다.

"네놈은 누구냐!"

무의식적으로 걸어오던 억천이 그제야 정신이 확 들었다.

"아."

억천이 멍하니 말하자 사내들이 슬쩍 백의청년과 억천을 번갈아 쳐다보았다.

"한편이구나!"

사내들은 슬쩍 억천을 날카로운 눈매로 살펴보았다.

다행히 고수로 보이진 않았다.

백의청년은 갑자기 다가온 억천을 보고는 깜짝 놀랐다.

그러나 기분이 묘했다.

생전 처음 보는 자였고 적들에게 둘러싸여 분위기가 날카로웠음에도 불구하고 눈앞의 사내에게는 친숙함이 느껴졌다.

"누, 누구시오?"

백의청년이 조심스럽게 묻자 억천이 씨익 웃었다.

"그건 알 바 아니고. 어차피 싸울 거라면 도와주지."

억천의 당돌한 말에 백의청년이 피식 하고 웃음을 터트렸다.

"뭐요? 하하하."

그 모습을 바라보던 사내들의 대표가 한숨을 내쉬며 못 이기는 척 검을 뽑아 들었다.

스릉.

"말로 안 되니 어쩔 수 없지."

대표가 뽑은 검에서 서늘한 기운이 흘러나왔다.

"킬킬킬."

사내들이 마주 웃으며 병장기를 뽑았다.

날카로운 검명이 울리자 백의청년이 긴장하며 침을 삼켰다.

그러나 억천의 표정은 상기되어 있었다.

벌써 초출 후 두 번째 싸움이다.

긴장이 되질 않았다.

자신의 목을 노리고 들어오는 검날들이 너무나 사랑스러웠다.

억천이 급히 검을 뽑았다.

얼른 달려들고 싶었다.

얼른 사내들에게 달려들어 검을 나누고 싶었다.

억천의 표정을 읽은 대표가 슬쩍 망설였다.

'저놈의 표정은 심상찮군.'

보통 풋내기들은 다수를 상대할 때 긴장하기 마련이다.

여러 곳에서 공격이 들어오니 당연한 것이다.

그러나 갑자기 나타난 놈은 긴장은커녕 즐기는 듯 보였다.

이런 놈들이 강호에서 가장 위험한 놈들이었다.

싸움을 즐기는 놈들!

놈들을 건드려서 이득 볼 것은 없었다.

하지만 수적으로 매우 우세했고 뛰어난 무위를 지닌 수하들이었다.

꿇릴 것이 없었다.

"쳐라!"

사내들의 신형이 솟구쳤다.

그와 동시에 백의청년과 억천의 검도 움직였다.

파파팟!

한순간이었다.

사내들이 모두들 피를 토하며 널브러졌다.

어처구니없는 상황에 사내들의 대표는 멍하니 입을 벌렸고, 백의청년과 억천은 서로를 바라보았다.

호흡이 너무나도 잘 맞았다.

백의청년이 왼쪽을 공격하고 오른쪽이 비면, 억천의 검이 오른쪽을 향했다.

억천이 위쪽을 공격하면 백의청년의 검이 자동적으로 아래를 향했다.

그렇게 서로 보완해 주며 마치 십 년 이상 검을 섞어

온 사람들처럼 호흡이 잘 맞았다.

"두, 두고 보자!"

사내들의 대표가 이를 갈며 도망치려 하자 억천의 검이 허공을 갈랐다.

순간 사내가 피를 토하며 앞으로 고꾸라졌다.

철푸덕.

그 모습에 백의청년이 슬쩍 인상을 찌푸렸다.

자신의 검이 맞은 자들은 모두 정신만 잃었을 뿐 멀쩡했다.

하지만 이름 모를 자의 검에 맞은 자들은 모두 절명한 상태였다.

모두 급소를 꽂은 공격이었다.

"고맙소. 덕분에 살았소."

백의청년이 정중히 포권하자 억천이 피식 웃으며 손사래를 쳤다.

"고맙기는."

억천의 능청스러움에 백의청년은 저도 모르게 웃음을 터트렸다.

"하하하, 나는 자성진(紫性眞)이오."

"억천."

"독특한 이름이오."

"그쪽도 만만치 않은데?"

둘의 시선이 허공에서 얽히더니 이내 동시에 미소를 지

었다.

"어디로 가는 길이지?"

억천의 물음에 자성진이 슬쩍 지도를 힐끗 보고는 입을 열었다.

"길림으로 가던 중이오."

"마침 잘됐군."

"그쪽도 길림으로 가시오?"

"척하면 척으로 알아들어야 하지 않나?"

억천이 쏘아붙이듯 말했지만 자성진은 기분이 나쁘지 않았다.

오히려 재밌었다.

"허허, 그렇군. 그쪽이 계속 말을 놓으니 나도 말을 놓으마."

"그러던가."

억천은 어깨를 들썩이고는 신경 쓰지 않는다는 듯 고개를 끄덕였다.

잠시 억천을 물끄러미 바라보던 자성진이 재차 웃음을 터트렸다.

"하하하."

"뭘 그리 웃는 것이냐."

"아무것도 아니다. 그냥 너를 보니 웃음이 절로 나오는 구나."

억천이 혀를 찼다.

"별 시답잖은 놈 다 보겠군."

그렇게 갑작스런 만남은 하나의 인연을 다시 만들었다.

*　　*　　*

"한 잔 받아!"

억천이 거칠게 말하며 술을 억지로 따랐다.

그러자 자성진이 못 이기는 척 술잔을 내밀었다.

주르륵!

자성진이 술잔을 입안에 털어 넣었다.

"크으, 끝내 주는군."

"이놈, 술 좀 마실 줄 아는군?"

"사실 오늘 처음 마셔 본다."

"거짓말하지 마라."

억천이 정색하며 안주를 집어먹었지만 자성진은 진지했
다.

"정말이다."

"엥? 어째서?"

"본 궁은 금주다."

본 궁이라는 말에 억천이 혀를 찼다.

"어디의 왕자라도 되냐? 무슨 궁이야?"

자성진이 쓴웃음을 지으며 술잔을 다시 내밀었다.

그러자 억천이 자연스럽게 술병을 기울였다.

술잔이 가득 차자 자성진이 곧바로 입에 술을 부어 넣었다.

"크으, 나는 북해빙궁 출신이다."

북해빙궁이라는 말에 억천의 눈동자가 살짝 흔들렸다.

북해빙궁과 천마신교는 적이었다.

자세한 이유는 몰랐다.

하지만 한 가지 확실한 것은 오래전 한 명의 고수로 인해 북해빙궁과 척을 지게 된 사실이었다.

그리고 여태껏 북해빙궁과 천마신교는 작은 시비조차 일어나지 않았다.

거리도 거리였고, 북해빙궁은 오래전 강호에서 잊힌 문파였다.

그러니 강호의 이대세력 중 하나인 천마신교와 어찌 감히 붙을 수 있을까.

그런데 그런 북해빙궁의 고수가 눈앞에 있는 것이다.

그것도 꽤나 마음에 드는 놈으로.

"사실 북해빙궁은 잊힌 문파지. 백 년 전만 해도 세외제일이라 칭하며 강호에서도 먹어 주었다지만, 어떤 사건으로 인해 몰락했다고 하지. 그 이유가 아마 천마신교와 얽혀 있다고 한다. 하지만 난 상관치 않아. 과거는 과거일 뿐이니까."

자성진이 주저리주저리 떠들며 술잔을 비웠다.

하지만 그 말을 듣는 억천의 표정은 한층 나아져 있

었다.

"맞다. 나도 과거 따윈 신경 쓰지 않아. 그런 김에 말하는 건데, 나는 천마신교 출신이다."

순간, 자성진의 표정이 멍해졌다.

"……천마신교라 했냐?"

"그래."

"푸하하하."

자성진이 미친 듯 웃었다.

객잔 안이 떠나가라 웃던 자성진이 웃음기 가득한 얼굴로 입을 열었다.

"사실 우리 할아버지가 천마신교의 어떤 고수 때문에 북해빙궁에서 쫓겨났었거든. 그러나 그분이 항상 나에게 말씀해 주셨다. 그분은 생명의 은인이었고 그분의 선택으로 내가 쫓겨난 것은 절대로 후회하지 않는다고. 그분이 없었더라면 자신은 이미 죽었을 것이라고 말이야. 또 오히려 자기 때문에 죽을 뻔했다고 하시더군. 그런데 이렇게 천마신교의 고수를 만나게 되니……."

"왜? 신기하냐?"

억천의 되물음에 자성진이 고개를 흔들었다.

"아니, 할아버지가 항상 하시던 말씀이 있다. 천마신교의 고수를 보면 고맙고 미안하다고 전하라고."

갑자기 자성진이 벌떡 일어나더니 정중하게 포권을 했다.

"고맙고, 미안하오."

억천이 손을 내저으며 진저리를 쳤다.

"이놈이 미쳤나."

고개를 숙이고 있던 자성진이 천천히 고개를 들었다.

그의 입가에는 더 이상 짙어질 수 없을 만큼의 짙은 미소가 걸려 있었다.

그러자 억천은 이내 웃음을 터트렸다.

"알았으니까 한잔해라."

그렇게 남자들의 밤은 깊어 갔다.

*   *   *

"정말 그분의 심득이 그곳에 있는 것이 확실하십니까?"

노인의 물음에 조용히 단상에 앉아 있던 주진송의 얼굴이 밝아졌다.

"그것이 있는 건 확실하오."

"그러니까 그분의 심득 말씀이시지요?"

주진송의 아리송한 웃음에 노인이 답답한 듯 되물었다.

그러나 주진송의 입은 짙은 미소를 띄고 있을 뿐이었다.

"허, 부교주님. 그래도 뭐라도 알려 주셔야 하지 않겠습니까. 교주님과 부교주님만이 아시는 그 무언가가 너무나도 궁금하여 잠을 못 청합니다."

노인이 간청하듯 말하자 주진송이 잠시 고민하는 표정을 짓더니 씨익 웃었다.

"때가 되면 그대도 알게 될 것이오. 그것이 그분의 심득인지 아니면······."

주진송이 말을 흐리며 입을 다물었다.

노인은 답답했지만 그를 믿을 수밖에 없었다.

주진송 부교주는 천마신교 내에서 가장 신뢰가 높은 인물.

오래전부터 천마신교와 함께 했으며 끝을 추측할 수 없는 그 무공에 많은 마인들의 존경을 받는 인물이었다.

"그나저나 그 억천이라는 녀석은 어찌 뽑게 되셨습니까?"

억천이라는 말에 주진송의 얼굴이 더욱 밝아졌다.

"하하하, 그 녀석이야말로 그분의 심득을 이을 인물이오."

"뛰어나 보이기는 하지만 그 정도입니까?"

"그렇소. 그 녀석이 아니면 그 누가 감히 그분의 심득을 잇겠소? 하하하."

알지 못할 의미의 웃음 앞에 노인은 고개를 갸웃거렸지만, 주진송의 호탕한 웃음을 듣자 저도 모르게 기분이 좋아졌다.

"그럼 부교주님만 믿고 기다리겠습니다."

노인이 정중히 고개를 숙이고는 방을 나섰다.

홀로 남은 주진송은 아직까지도 흐뭇한 미소를 지은 채

고개를 주억거리고 있었다.

"……잘될 것이다."

* * *

자성진과 억천은 급속도로 친해졌다.

마치 죽마고우처럼 서로 비슷한 점도 많았고 통하는 것도 많았다.

자성진이 부족한 점을 억천이 채워 주었고, 억천이 부족한 점은 자성진이 채웠다.

그리고 그들의 호흡은 타의추종을 불허했다.

"이봐, 죽기 싫으면 돈 좀 내놓고 가지?"

산적 대여섯 명이 나타나 그들을 협박하는 순간.

그들은 의복이 찢겨진 채 도망가야 했다.

억천만큼 뛰어난 고수는 아니었지만 자성진은 빙공(氷功)의 대가였다.

특히 이상하게도 억천과 다닐수록 많은 싸움을 하게 되었으니 절로 빙공의 숙련도가 높아질 수밖에 없었다.

"그래서 너는 결국 임무 때문에 가는 것이구나."

자성진이 고개를 주억거리며 중얼거리자 억천이 우물거리던 만두를 목구멍으로 넘겼다.

꿀꺽.

"꺼억, 그렇지."

억천이 천연덕스럽게 트림을 하자 자성진이 인상을 찌푸렸다.

"예의가 없구나."

"잘난 궁에서 오셨으니 예의 타령이군."

억천이 비꼬듯 말하자 자성진이 지쳤다는 듯 손을 내저었다.

"마음대로 떠들어라."

"그래서 너는 왜 길림으로 가는 것이냐?"

억천의 물음에 자성진이 슬쩍 자신의 검집을 보여 주었다.

척 보아도 보검의 분위기가 흘렀는데 특히 끝에 조각된 용 모양이 매우 눈에 띄었다.

검병은 붉은 가죽으로 감싸고 있어 고급스러웠다.

"사실 본 궁에서 잃어버린 신물이 있다. 그리고 그 신물의 열쇠는 이 검이지."

검집에는 다음과 같은 음각이 옅게 새겨져 있었다.

빙룡검(氷龍劍).

그것은 한때 무림오대명검 중 하나였지만 북해빙궁이 몰락해 감에 따라 명성마저 잃은 비운의 명검이었다.

그러나 아직까지 빙룡검을 알아보는 자는 많았다.

그만큼 뛰어난 명검인 탓이었다.

"허, 너는 검도 못 쓰면서 검은 좋군."

억천이 비꼬자 자성진이 피식 웃었다.

그러나 곧바로 자성진의 얼굴이 진지해졌다.

"나는 이 검으로 통해 신물을 되찾고 본 궁의 위치를 다시 새외제일의 위치로 올려놓을 것이다."

자성진의 눈빛이 이글거렸다.

잠시 빙룡검을 살피던 억천도 슬쩍 자신의 검을 내려다보았다.

악마대주가 준 검이었다.

겉모습만 보면 절대로 명검이 아니었다.

오히려 싸구려 철검처럼 보였지만 막상 뽑히면 달랐다.

번쩍거리는 검신은 항상 억천의 시선을 빼앗았다.

마치 귀신이 혹하듯 검신의 빛은 매력적이었다.

조용히 자신의 검을 쓰다듬던 억천이 자성진을 바라보았다.

아직까지 자성진의 눈빛은 이글거리고 있었다.

그 모습에 억천이 저도 모르게 피식 웃었다.

얼굴은 순하게 생겼거늘.

눈빛에서는 절정고수를 능가하는 기도가 뿜어지고 있었다.

'……나도 임무가 있지.'

第九章

독고억천(獨孤憶穿)

마협의 심득을 찾는 것!

평생이 걸릴지 어떨지 모르는 것이다.

모두 마협의 심득을 찾기 위해 노력했지만 그 누구도
성공치 못했다.

자신도 평생 늙어 죽을 때까지 마협의 심득을 찾으러
헤맬지도 몰랐다.

그것은 임무였기에.

목숨을 바쳐서 끝내야만 하는 것이다.

심지어 부교주쯤 되는 이가 직접 맡긴 것이다.

천마신교 내에서 부교주의 직위는 하늘과 같았다.

하늘을 거역한다면 죽음만이 있을 뿐.

잠시 상념에 빠져들었던 억천은 자성진을 힐끗 보았다.

자성진은 어느새 연거푸 술 세 병을 비우고는 정신을 잃고 자빠져 있었다.

"드르렁! 컥!"

자성진이 코 고는 모습을 바라보던 억천은 고개를 설레설레 내젓고는 자성진의 몸을 부축하여 방으로 올라갔다.

침대 위에 자성진을 올려놓은 억천은 창문 앞에 서서 밖을 바라보았다.

마침 구름이 없어 밝은 달빛이 훤히 비쳤다.

그런데 순간, 저 멀리서 무언가 움직이는 것이 보였다.

달빛이 아니었다면 놓쳤을지 모를 재빠른 움직임이었다.

억천의 눈이 빛났다.

'웬 암습이냐.'

잠시 흥미로운 듯 밖을 내다보던 억천이 한숨을 내쉬며 고개를 내저었다.

살수가 찾아왔다 쳐도 꼭 자신을 찾으러 온 것이 아닐 수도 있지 않은가.

싸움이라면 절대 피하지 않는 자신의 성품이 꽤나 귀찮았다.

어쩌겠는가.

싸움이 천성인 것을.

보통 말이 씨가 된다 한다.

어둠 속에서 살짝 보였던 움직임이 서서히 억천의 방과

가까워지고 있었다.

'오호.'

억천이 슬쩍 검집을 매만졌다.

싸우기 전 검집을 만지는 것은 억천만의 습관이었다.

왜인지는 몰랐다.

하지만 싸우기 전 친우(親友)의 존재 유무를 확인한다
고 할까.

움직임의 속도가 붙기 시작하더니 이내 얼핏 모습조차
보일 정도였다.

온통 흑의를 입고 있고 복면마저 쓰고 있었다.

복면인은 억천의 시선을 눈치채지 못한 듯 이리저리 두
리번거리며 다가오고 있었다.

억천의 입가에 차가운 미소가 걸렸다.

'조금 더 오거라.'

복면인이 슬쩍 객잔 벽을 타고는 천천히 올라오기 시작
했다.

억천은 고개까지 빠끔히 내민 채 복면인을 내려다보고
있었다.

복면인이 확인 차 슬쩍 고개를 올린 순간.

씨익.

"안녕."

복면인이 기겁하며 암기를 날렸다.

푸슷!

억천이 슬쩍 고개를 옆으로 돌리며 암기를 피했다.

"어?"

갑자기 복면인이 중심을 잃고는 한차례 휘청거리더니 이내 땅으로 곤두박질쳤다.

철푸덕!

"컥."

복면인이 허리를 움켜쥐며 벌떡 일어섰다.

"이, 이놈!"

복면인이 검을 뽑아 들고는 억천을 가리켰다.

어느새 객잔 아래로 내려온 억천이 얼음장처럼 차가운 미소를 지으며 검을 뽑았다.

스릉.

서늘한 검명에 복면인의 몸이 움찔했다.

본래 살수란 암습에 강한 자들.

정면대결에선 불리할 수밖에 없었다.

억천 또한 악마대 살수 출신이다. 물론 그전에 그는 검객이었다.

억천의 손에 들린 검은 그 어떠한 것보다 날카롭게 강력했다.

복면인은 연신 이리저리 눈치를 살피며 도망갈 궁리만 하고 있었다.

"야."

억천의 불음에 복면인이 움찔거렸다.

"자성진을 죽이려 온 거냐?"

"그, 그건 아니다!"

"그럼?"

"빙룡검을 훔치기 위해서 온 것이다."

복면인의 말에 억천이 자성진의 검을 떠올리고는 고개를 주억거렸다.

"분명 명검이긴 하지. 하지만 오늘 날을 잘못 잡았구나. 흐흐."

억천이 낮게 웃음을 터트리자 복면인의 팔에 절로 소름이 돋았다.

이상하게 눈앞의 사내는 괴기한 기운을 흘리고 있었다.

끈적거리며 소름 돋는 그런 기운!

잠시 억천의 눈치를 살피던 복면인의 신형이 위로 솟구쳤다.

그러나 억천은 이미 알고 있었다는 듯 복면인의 뒷목을 부여잡았다.

꽈득!

"컥."

복면인이 숨이 막힌 듯 켁켁 거리자 억천의 미소가 더욱 짙어졌다.

"흐흐, 어째서 빙룡검이 필요하지?"

"나, 날 죽여라!"

복면인이 힘껏 외치자 억천의 몸에서 살기가 흘러나오

기 시작했다.

밀려오는 살기에 복면인은 자신의 입방정을 후회했다.

"으으으……."

부들부들 몸을 떨던 복면인은 이내 혈도를 짚힌 채 정신을 잃었다.

억천은 기절한 복면인을 등에 업고 몸을 날렸다.

파앗.

*　　*　　*

복면인이 정신을 차리며 주위를 살폈다.

어두웠다.

구석에는 촛불 하나가 달랑 켜져 있었는데 그 옆에 아까 자신을 제압한 사내가 앉아 있었다.

그자의 눈에서는 흡사 귀광이 흘러나오며 복면인을 압도하고 있었다.

"나, 나는 당신과 아무 상관이 없는데 어찌 나를 핍박하시오!"

"아무 상관이 없기는. 아주 깊은 상관이 있지."

억천이 손에 들려 있는 서신을 좌우로 흔들었다.

복면인의 얼굴이 어두워졌다.

그것은 문파의 일급 기밀들!

타인의 손에 들어가면 자신의 목숨은 없는 것과 다름없

었다.

억천이 서신 중 하나를 꺼내 들며 낮은 목소리로 물었다.

"마협, 이건 뭐지?"

마협이라는 말에 복면인이 피식 웃었다.

"그것은 예전 강호에서 위세를 떨치던 고수의 정보요. 하지만 그 누구도 그의 심득을 찾은 자는 없었지."

하지만 억천은 자세히 서신을 읽었다.

분명 틀린 내용도 있었지만 대부분 자신이 가지고 있는 서신의 내용과 동일했다.

즉, 진짜란 소리였다.

서신에는 다음과 같이 적혀 있었다.

길림 일지산(日至山) 목수(木手).

길림과 일지산은 자신의 정보와 동일했다.

그러나 목수라는 정보는 생소했다.

"목수는 뭐지?"

"말 그대로 목수요. 일지산에 사는 목수가 마협의 심득을 가지고 있다고 했는데 그 누구도 목수를 만난 사람은 없소."

목수라는 새로운 정보에 억천의 얼굴이 악귀처럼 빛났다.

"좋은 정보 고맙군."

억천이 몸을 일으키자 복면인의 몸이 부들부들 떨리기 시작했다.

억천의 몸에서는 자색 마기가 넘실거리며 흘러나오고 있었다.

"흐흐흐, 잘 가게."

* * *

복면인을 처리한 억천은 객잔으로 돌아왔다.

그에게서 얻은 서신 대부분이 강호의 기물들과 관련된 것이었다.

물론 그중 눈에 띄는 것은 두 개였다.

북해빙궁의 빙룡검 출현과 마협의 심득.

빙룡검에 대한 서신을 자세히 읽어 보니 어떤 무공 비급을 얻기 위한 열쇠가 바로 빙룡검이라고 적혀 있었다.

억천은 혀를 찼다.

'무공도 중요하지만 결국 그걸 익히는 자가 중요한 법이거늘.'

절세의 신공이면 무엇하리.

익히는 자가 의지가 없고 재질이 없으면 삼류무공보다도 못해지는 것이다.

의자에 앉은 채 서신을 읽는 사이 어느새 아침이 찾아

왔다.

꼬꼬댁!

잠에 빠져들었던 자성진도 몸을 일으키고는 이리저리 몸을 뒤틀었다.

우두둑.

"으윽, 속이 쓰리군. 어? 벌써 일어났나?"

의자에 앉아 있는 억천을 발견하고는 자성진이 고개를 갸웃거리며 물었다.

억천은 고개를 내저었다.

"나는 밖에서 잠을 자지 않아."

"괴물이군."

자성진이 지친다는 표정과 함께 구석에 있던 주전자를 이용해 물을 마셨다.

꿀꺽꿀꺽.

"크으, 별일 없었나?"

"별일 없었다."

억천의 시선은 여전히 서신들에 꽂혀 있었다.

자성진이 슬쩍 옆으로 다가와 서신을 같이 읽어 내려갔다.

점점 자성진의 눈동자가 커지더니 이내 경악으로 물들었다.

"이, 이건 기밀이 아닌가? 어디서 이런 것이 났냐?"

"어제 네놈의 빙룡검을 빼앗으려 자객 한 놈이 침입

했지."

"그, 그래서 어찌했지?"

"이 서신들을 보면 모르나?"

서신 구석에는 핏자국이 묻어 있었다.

자성진이 슬쩍 눈을 찌푸렸다.

"쓸데없는 살인은 좋지 않네."

"그렇기에 북해빙궁이 도태된 것이겠지."

억천의 이죽거림에 자성진의 표정이 돌처럼 굳었다.

"본 궁이 도태된 이유는 그것이 아니라 천마신교에서 공격을 해 왔기 때문이다."

억천이 슬쩍 고개를 들자 자성진의 얼굴에 분노가 떠올라 있었다.

아무리 친구 사이라도 할 말 안 할 말이 있는 법인데 억천은 그 선을 넘어 버린 것이다.

그제야 분위기를 눈치챈 억천이 손을 내저었다.

"난 그런 식으로 말한 것이 아니야. 단지 필요할 땐 살인을 해야만······."

자성진이 갑자기 자신들의 짐을 꾸리기 시작하더니 방문을 나가 버렸다.

쾅!

방문이 닫히자 홀로 남은 억천이 멍한 표정으로 중얼거렸다.

"쪼잔한 놈 같으니라고."

한참 방 안에서 서신을 읽어 내려가던 억천이 한숨을 내쉬며 벌떡 일어섰다.

"······젠장."

*　　　*　　　*

자성진은 그리 멀리 가지 않았다.

그도 오히려 망설이며 객잔 주위를 서성이고 있었다.

그 모습을 본 억천이 저도 모르게 웃음을 터트렸다.

"이 멍청한 놈아! 거기서 뭐하냐."

자성진이 반가운 목소리로 슬쩍 미소를 지었지만 애써 정색하며 툴툴거렸다.

"뭐하긴. 산책 중이다."

"그래, 산책 열심히 해라."

억천은 바위에 걸터앉은 채 가부좌를 틀었다.

자성진도 잠시 머뭇거리다 이내 억천 옆에 앉으며 가부좌를 틀었다.

억천이 슬쩍 한쪽 눈으로 자성진을 흘겼다.

그때 마침 자성진도 억천을 흘겨보고 있었다.

서로의 시선이 허공에서 얽혔다.

피식.

"······미안했다."

억천이 힘겹게 말을 꺼내자 자성진은 손을 내저었다.

"미안은 무슨. 내가 쪼잔했다."

"알긴 아는구나. 이놈."

비온 뒤에 땅이 굳는다 했던가.

서로 한바탕 웃은 후 금 갔던 그들의 우정은 더욱 단단해졌다.

＊　　　＊　　　＊

길림에 도착한 억천과 자성진이 눈빛은 아쉬움으로 가득 찼다.

서로 짧은 기간이었지만, 살면서 이정도로 통한 사람은 서로에게 없었다.

억천은 지옥 같은 성장기를 보냈고 다 커서는 살수로서 임무를 수행할 뿐이었다.

자성진도 북해빙궁의 부흥 아래 제대로 된 가치를 인정받지 못했다.

결국 각자 강호인이었지만 인간(人間)으로서는 부족한 사람이었다.

그러던 그들이 서로를 우연찮게 만나면서 하나의 인연을 느끼게 되었다.

각자 부족함을 채워 주고 간지러운 곳을 긁어 주는 그런 존재.

바로 진정한 친구로 서로를 느꼈던 것이다.

하지만 서로의 목적을 위해 헤어져야 할 시간이 다가온 것이다.

억천은 조용히 검집을 만지작거리다 품속에서 무언가를 꺼내 자성진에게 건네주었다.

자성진의 눈이 빛났다.

"이게 무어냐?"

"그냥 받아 둬라."

자성진의 손 위에는 작은 불상이 놓여 있었는데 핏물로 젖어 있었다.

억천이 직접 깎은 듯 울퉁불퉁했지만 오랜 추억이 담긴 듯 보였다.

자성진은 불상을 조심스레 품속에 갈무리하며 씨익 웃었다.

"잘 간직하마."

억천과 자성진은 서로를 바라보며 떨어지지 않는 발걸음을 천천히 옮겼다.

억천은 서쪽으로.

자성진은 동쪽으로.

붉은 석양은 서로 반대편으로 걸어가는 그들의 뒷모습을 밝혀 주고 있었다.

* * *

일지산.

낡은 나무현판이 땅에 깊게 박혀 있었다.

억천의 입가에 미소가 걸렸다.

'드디어 찾았구나.'

산길은 매우 험했다.

우선 기본적으로 양옆이 절벽이었고 아무리 무공을 익힌 억천이라 해도 까닥 실수하면 목숨을 잃을 정도로 높았다.

가끔 맹호를 만나는 경우도 있었다.

그렇게 일주일이 흘렀다.

"이런 빌어먹을 놈의 산!"

억천이 이를 갈며 나무를 주먹으로 내리쳤다.

파직!

나무가 말 그대로 박살나며 옆으로 무너졌다.

와지끈.

씩씩거리던 억천은 이내 화를 가라앉히며 다시 발걸음을 옮겼다.

얼마나 걸었을까.

억천의 눈이 빛났다.

꽤나 허름한 초가집이 억천의 시선에 꽂혔다.

보통 산속의 초가집은 흔했지만 눈앞의 초가집은 특별했다.

절벽 위에 초가집 달랑 하나가 있었다.

초가집 옆으로는 땔감으로 보이는 것들이 수둑히 쌓여 있었다.

전형적인 목수의 집이었다.

"찾았구나!"

억천이 조심스럽게 초가집 앞으로 다가갔다.

초가집 마당에는 짚신 한 켤레가 놓여 있었고 사람이 사는지 굴뚝에서 연기가 모락모락 흘러나왔다.

억천이 숨을 크게 몰아쉬더니 이내 큰소리로 외쳤다.

"네놈이 마협의 심득을 가지고 있다고 들었다."

억천의 외침이 크게 울렸지만 묵묵부답이었다.

"네가 목수이고 네가 마협의 심득을 가지고 있다고 들었다! 얼른 나오거라!"

밑져야 본전이었다.

일주일이나 허비했으니 사람의 얼굴이라도 보고 가야 했다.

그런데 그때, 초가집 문이 열렸다.

벌컥!

초가집에서 나온 것은 놀랍게도 젊은 사내였다.

흑의를 입은 사내는 약관의 나이는 겨우 넘었을 듯 보였다.

흑의사내가 억천을 바라보며 안광을 빛냈다.

그 눈빛의 감정을 읽은 억천이 살짝 흔들렸다.

'……반가움?'

분명 눈앞의 사내는 처음 보는 사내였다.

그런데 그 사내가 자신을 보고는 반가움을 표하고 있었다.

'미친놈인가.'

"나는 천마신교에서 나왔고 네 녀석이 마협의 심득을 가지고 있다는 사실도 알고 있다. 쓸데없는 피를 보기 싫으니 내놓거라."

역시나 답이 없었다.

하긴 눈앞의 사내가 마협의 심득을 가지고 있으리라는 보장은 없었다.

초가집 앞에 멍하니 서 있던 흑의사내가 천천히 발걸음을 옮겼다.

순간, 태산이 움직이는 듯한 착각이 들었다.

대해가 밀려오는 듯한 착각이 들었다.

맹호가 발톱을 내밀며 이빨을 내밀고 있는 듯한 착각이 들었다.

억천의 입가가 바싹바싹 말랐다.

침도 넘어가질 않을 정도로 그의 입은 사막처럼 건조했다.

몸은 고양이를 만난 쥐처럼 부들부들 떨고 검병에 내려간 손은 움직이지도 못했다.

건너편의 흑의사내는 천천히 다가왔다.

한 걸음, 한 걸음.

그 한걸음이 옮겨질 때마다 자신의 가슴을 짓눌러 오는 느낌에 억천이 이를 악물었다.

터벅터벅.

고요한 숲 속에 걸음소리가 울려 퍼지고, 어느새 흑의사내는 지척에 다가와 있었다.

사내의 눈은 깊었다.

날카로운 인상이었지만 무언가 강렬했지만 무엇보다 매우 젊어 보였다.

마치 자신의 또래 혹은 더 어려 보였다.

그러나 또 이상한 점이 있다면 전혀 자신의 또래 같지가 않다는 것이다.

열정이나 혹은 자신감. 그런 것들이 느껴지지 않았다.

무념, 그 자체였다.

마치 고요한 호수 자체를 보는 듯했다.

흑의사내의 입이 달싹였다.

"억천."

순간, 억천의 눈동자가 떨렸다.

흑의사내의 입가에 미소가 걸리는 듯했으나 미묘했다.

웃는 듯 안 웃는 듯.

흑의사내가 자신의 발아래에 있던 앙상한 나뭇가지 하나를 주워 들었다.

나뭇가지를 만지작거리던 흑의사내가 갑자기 억천의 어깨에 나뭇가지를 내려쳤다.

짝!

경쾌한 소리와 함께 억천이 그제야 정신이 드는 듯 뒤
로 휙 물러섰다.

흑의사내가 나뭇가지를 까닥였다.

억천의 입가가 일그러졌다.

자신은 지옥에서 살아 나온 자.

보통의 인간들과는 다르다고 자부해 왔다.

그런데 겨우 인간 한 명의 기세에 눌렸던 자신이 너무
나 창피했다.

억천의 검이 뽑혔다.

스릉!

서늘하고 날카로운 검명이 울리자 흑의사내가 두 손을
내려뜨렸다.

억천이 이를 갈았다.

'나를 얕보다니…….'

파앗!

억천의 신형이 쏘아져 나가며 흑의사내의 목을 베었다.

파직!

묵직한 피육음에 억천의 입가에 슬며시 미소가 걸렸다.

'……그럼 그렇지.'

그러나 억천이 뒤돌아섰을 때 본 것은 아무런 상처조차
입지 않은 흑의사내였다.

"뭐, 뭐지?"

흑의사내는 아무런 말없이 나뭇가지를 까닥였다.

억천의 신형이 다시 솟구쳤다.

억천의 검이 비틀리기 시작하더니 혈마검법이 펼쳐지기 시작했다.

붉은 기운이 흘러나오며 흑의사내를 폭풍우처럼 뒤 삼킬 것 같았다.

푸욱!

아까와 똑같았다.

묵직한 손맛, 그러나 멀쩡한 흑의사내.

억천이 도저히 믿을 수 없다는 듯 흑의사내를 노려보았다.

흑의사내의 나뭇가지가 이리저리 흔들거렸다.

빠뜩!

억천이 이번엔 흑의사내의 정면으로 덤벼들었다.

웅웅웅!

묵직한 바람소리와 함께 회오리가 불기 시작하더니 이내 흑의사내를 꿰뚫었다.

푸욱!

흑의사내의 복부에 분명 억천의 검이 꽂혀 있었다.

그러나 흑의사내의 표정은 담담했다.

붉은 선혈도 나오지 않았고 신음 소리도 나오지 않았다.

오히려 상황에 어울리지 않는 흑의사내의 웃음소리가 흘러나왔다.

"하하하."

억천이 검을 힘껏 비틀었다.

파직!

그러나 흑의사내의 눈썹조차 흔들리지 않았다.

억천과 흑의사내의 시선이 허공에서 얽혔다.

그런데 무언가 이상했다.

분명 처음 보는 사람이었지만 미묘한 친밀감이 흑의사
내에게서 흘러나오고 있었다.

흑의사내, 독고천이 씨익 웃었다.

"오랜만이구나, 아들아."

외전(外傳)

"이런 빌어먹을!"

억천의 격앙된 목소리가 숲 속 널리 퍼졌다.

억천이 입고 있던 흑의는 군데군데 찢어져 안 입는 것마냥 못했고 얼굴은 너무나도 지저분하여 거지를 연상케 했다.

억천의 등에는 커다란 바위가 올려 있었는데, 그 크기는 마치 태산과도 같이 거대했다.

"빌어먹을! 빌어먹을!"

연신 욕을 중얼거리며 억천은 팔을 굽혔다 폈다를 반복하고 있었다.

거대한 산이 위아래로 움직이는 착각이 들 정도였다.

"아버지! 난 싸우고 싶다고요! 이딴 수련! 하고 싶지 않아요!"

억천의 마주 편에는 흑의중년인이 미묘한 웃음을 머금은 채 바위에 걸터앉아 있었다.

독고천은 아무 말 없이 아래 떨어져 있던 돌을 툭 찼다.

순간, 돌이 엄청난 속도로 억천의 이마에 꽂혔다.

퍼억!

억천의 비명과 함께 피가 튀었다.

"으악! 빌어먹을!"

이마에서 피가 흘러나오더니 이내 억천의 얼굴을 적셨다.

그 모습은 흉측스러워 지나가던 이가 보았다면 흠칫거릴 만한 모습이었다.

거기다 억천의 얼굴은 악귀처럼 일그러져 있으니 귀신이 울고 갈 정도였다.

"아버지!"

"왜 그러느냐."

독고천의 나직한 질문에 억천이 이를 갈았다.

"난 싸우고 싶다고요! 몸이 근질거려요!"

연신 억천이 소리를 악악 내질렀지만 독고천의 표정은 바뀌지 않았다.

담담한 표정.

그 모습을 바라보는 억천의 심정은 뒤집혔다.

"으아아아아!"

"억천아."

갑작스런 독고천의 불음에 비명을 내지르던 억천이 번쩍 눈을 동그랗게 떴다.

"왜요? 이제 드디어 나갈 때가 되었나요?"

독고천이 바위에서 내려와 천천히 걸어오더니 이내 무릎을 굽혀 억천과 눈높이를 맞추었다.

억천의 초롱초롱한 눈동자와 호수와도 깊은 독고천의 눈이 마주쳤다.

독고천이 씨익 웃었다.

"내가 어떤 길을 걸어왔는지 아느냐?"

"예! 마인의 길을 걸으셨죠. 저도 마인의 길을 걷게 하실 건가요?"

"내가 마인의 길을 걸었으면 내가 뭐라는 소리겠느냐?"

독고천의 입가에 슬쩍 미소가 떠올랐다.

그러나 억천은 그 미소의 의미를 눈치채지 못한 듯 힘차게 외쳤다.

"마인이라는 소리죠!"

"그래, 난 마인(魔人)이다."

독고천이 싸늘히 웃었다.

"……그리고 마인은 남의 부탁 따윈 들어주지 않는다."

순간, 억천의 억울함이 담긴 비명 소리가 숲 속에 울려 퍼졌다.

"으아아아아!"

〈『천마신교』完〉

후기

천마신교가 여섯 권으로 완결이 났습니다.

우여곡절도 많았고 고민도 많은 나날들이었습니다.

또한 공백기도 길었습니다.

보증되지 않는 제 글을 은거괴동 이후로 다시 써 주시
겠다고 감히 나서 주신 뿔미디어 관계자분께 감사의 말씀
을 드리고 싶습니다.

비록 쓰면서 많은 고민과 시간을 쏟았지만 이렇게 두
번째 작품이 완결을 본 점에 대해서 후련함이 더욱 앞섭
니다.

항상 관심을 가져 주셨던 뿔 미디어 관계자분들과 힘이
되어 준 가족분들께 감사의 말씀드립니다.

이 후기를 빌려 완결권 집필 도중, 병고 끝에 가족 품을 떠나신 외할머니의 명복을 빕니다.

제 글을 완결까지 읽어 주신 모든 독자 제현분들에게 감사의 말씀을 드리며, 더욱 좋고 재밌는 작품으로 찾아뵙도록 노력하겠습니다.

　　　　　　　　　　—구름은 글의 냄새를 맡는다.
　　　　　　　　　　　　운후서 올림.